JN188487

HANAWA NAOTO

花輪 如一

古代幻史小説

YOKEIMON

古代幻想小説

栄光出版社

登場人物

トキヨミ婆　物部の巫女頭
物部守屋　物部一族の長
六　後のカジマ六明
間止利　物部石の里の長
もも　奴卑の娘
石雁　間止利の長男
弓削小角　物部の間者
チェボル　コンゴウ衆・惣棟梁の甥
メチギセム　法隆寺普請惣棟梁
佐富皇女　厩戸皇子の妹
カッタバル　惣棟梁世話役女

クルム　カッタバルの兄、柱師小頭
迹見赤檮　厩戸皇子舎人長
小野妹子　遣隋使正大使
多々　長門の船大工
シゲジ　塩飽島の水夫見習い
ギッタン　塩飽島の水夫長
裴世清　中国隋の大使
厩戸皇子

今から、およそ千四百年前。

後に飛鳥と呼ばれる時代。

時の文化は韓半島および大陸からの絶えざる影響下に育ち、花開いたものであった。

その一方で神代よりつづく鬼道、太陽崇拝、呪術など人間の意識に潜む畏れなどの感情から生じる観念を中心とした信仰も色濃くあった。

現世《うつしよ》と来世は継続しているものとの考えから、死後の世界、霊魂のよみがえりを古墳などの形で結びつけていた時代でもあった。

八百万の神を迎え、神との対話をする一方では、終末観への恐怖から天竺の釈迦を祀ることで贖罪を請うたのである。

新しきものと古きものが交差する端境期であり、両者のあいだに生じる摩擦、軋轢は避けられないものとして、人々の暮らしを祟った。

そこに生きる人は、時代の波に翻弄されたのであった。

第一部

其の一

稲光が闇の断崖にうずくまる媼《おうな》を照らした。

媼は濡れ鼠だった。祈っていた。

大粒の雨が痛いほど、媼を打っていた。

木立が声をふりしぼって泣いていた。

敏達《びたつ》元（572）年夏、五月のことだった。

媼の足下に広がる里は、黒く鎮まりかえっていた。

容赦なく襲い掛かる雨は媼の足元で弾け、幾筋もの流れとなって山裾へと落ちていく。

再び雷光、近づいている。

媼が雷《いかずち》を呼び寄せているのだ。

媼は踏ん張って立ちあがった。

貧弱なからだを風にしならせ、東方の天を仰ぎ儀式めいた礼をする。南、西、北と順にひと周り仰いだ。

媼は気合を叫び、両手で持った矛で天を突きさす。

「天地、未だ割れず」

動かない。そのまま動かない。

空がひび割れ、激しく折れた光は雷鳴を轟かせ矛の先端に落ちた。媼の手からはなれた矛は舞い上がり、突き刺した木を丸焦げにし梢から真二つに裂いた。

強い風と雨が、焦げ臭さをあとかたもなく運び去った。

断崖から媼の姿は消えていた。

いや、媼は倒れていた。

矛で天を突いた姿そのままに岩鼻に仰臥する媼を、降りやまぬ雨が叩いていた。

動かない。

半刻（一時間）そのままだった。

雲が流れ、雷雨が去った空には、赤みを帯びた丸い月が姿をあらわし、媼の総身に淡い明りを注いだ。月の光がしずくとなって降り注ぎ、媼を慈しみ、療を施しているかのようだ。

すると、
頭上で矛を握った形のまま凍りついたようだった指先がかすかに動いた。

皺に埋まったまぶたがゆっくりと開く。腐った水のようだった眼に生気が宿り、やがてまぶしい光を発した。

くるっと寝返り、か細い腕をつっぱらせ顔をゆがめ、獣に化身した如く四つ這いに月を仰いだ。

不気味な笑みを浮かべる口の端に、ふつふつと泡がたまる。その口から洩れる呪文。

「イクタマ、シニカエシタマ、ニギハヤヒノオニノミコト、オニオロシノココロヨセ」

なにごともなかったかのように、すくっと立ち上がり、足元の矛を拾い上げ、再び突き上げ天を刺した。

「天地未だ割れず。――――天が怒る。地が裂ける。おそろしいや、おそろしいや。闇世の幕開けなり。禍《わざわい》厄の種を孕み生みいずる。あさましいや、あさましいや。大和の地に死人鳥の群れが舞う。憎悪の炎を燃え上がらせ、なにもかも焼き払う。矢玉のなかに立ち尽くし、大君の身が引き裂かれん」

媼は雷を身に呼び寄せて、天の声をおろしたのだ。

安芸《あき》山中、物部巫女《もののべみこ》の里。

神代の昔、物部の始祖である饒速日 命《にぎはやひのみこと》が磐船《いわふね》で立ち寄った地である。

「おそろしいや、おそろしいや。闇世の幕開けなり。禍厄の種が孕み生み出ずる。あさましいや、あさましいや」

年齢とは思えぬ身の軽さで、岩鼻から飛び降りるとぬかるむ山道を一目散に下る。

この媼、物部一族の霊媒者、トキヨミ婆である。

天体の動きを読み、人相も観る。方位も観れば、呪詛によって人を殺めることもできる。

トキヨミの名のとおり遠視の異能も併せ持つ。

媼のあたまの奥にぼんやり映るのは飛鳥に在《おわ》す橘宮の屋形だった。

トキヨミの媼が敢行《かんこう》した雷おろしから、月の半分が経過した。

大和と河内を結ぶ竜田道をつばくろが低い軌道で飛ぶ。

遠く山は霞み、大和川が陽にきらめき、雲を映して流れている。大和川は奈良盆地を囲む周辺の山から流れ出すたくさんの小さな水流を集めて一本の大河となり、生駒、金剛山地の峡間を抜け河内から難波の海にそそぐ。

大和川はじめ大和、近畿辺りの水運利権を握るのが、浪速河内に本拠を置く物部一族である。

川に沿って騎馬の群れが疾走する。

蹄高らかに、青毛に鞭をくれて先頭を征くのは、珪甲《よろい》で身をかためた物部守屋だった。

勇猛で名を轟かす物部一族の長である。ひと呼吸遅れて警護役の隊長舎人、弓削万鳥《ゆげまんとり》。後ろに戦支度をした物部兵がしたがっている。守屋はこの年即位した敏達天皇より大連《おおむらじ》を拝命した。

軍団が道から外れて草原を走り、浅瀬を渡った。支流に沿ってしばし進軍をつづけ、山麓に至ったところで守屋が馬を止めた。額から滴る汗をたくましい二の腕で拭う。

あたりを睥睨《へいげい》する眼光、太い鼻筋、黒髭に覆われた固く結んだ口。これらは男盛りで、なにごとにも恐れを持たぬ自信の強さを象徴している。

「これより、ご先祖さまに参る」

死んだように静かな山裾に、郭公の声が響いている。守屋は山の頂を仰いだ。一族の本社石切《いしきり》神社《じんじゃ》があるのだ。弓削万鳥が守屋につづいて鐙《あぶみ》を蹴り馬をおりた。手綱を受けた供の者が水を飲ませるため二頭を川岸へと引く。

「万鳥、そのほうはよい。吾、ひとりで参る」

「しかし、任がたちませぬ。もしことあれば。どうかやつがれをともに」

畏まり懇願《こんがん》する。万鳥の部下たちもならう。

「くどい、そこに控えて待て。追ってはならぬぞ」

大連の警護にあたる万鳥が簡単に引かぬことを守屋は承知だ。ささいな異常、違和感を見逃さぬ目こそが警護と思う男だ。おのれのふるまいから、万鳥は異変を察知したのだと守屋は思った。

反抗的な目つきに出会った守屋だったが、怒りをため息に変えて吐き出す。万鳥の胸中が痛いほど理解できるからだ。

「おぬしはまだわからぬか」

万鳥の目の訴え。君主を守るためなら、君主が振るう刃も厭わぬ忠義の持ち主だった。それを知る守屋は童を諭すように、こうつづけた。

「考えがあっての吾ひとり。主の心を汲むのも忠義よ。それがわからぬお主ではあるまい」

「浅慮おゆるしください」

「はるか昔よりこの地は物部の御神域。ご先祖がお護りくださる」

「やつがれ、配慮に欠けておりました」

万鳥は額を地につけ這いつくばった。

「なにごともおこるはずがあるまい」

目元の笑いで万鳥を労った守屋であった。

道なき山を登る守屋を見送った万鳥は、部下の弓削小角《ゆげのおづね》に目配せをくれた。小ざるの別称をとる小角は守屋に気づかれぬように、間隔をあけて追った。

守屋は獣道を広い歩幅で力強く登る。鬱蒼とした枝が頭上をふさぎ、見透しがきかなくなる。慣れぬ者はこれで道に迷い、同じところをぐるぐる回らされるのだ。足元は入り組んだ枝が低く重なり合って侵入者を阻む。木漏れ陽のなかを進む。日向のねばりつく暑さはない。濃緑が放つ精気につつまれる清涼感。鳥のさえずりは耳に涼しい。思わず立ち止まり森を満喫する。

参詣は一年ぶりだった。

あの日、霊気漂うご神体に畏まり、先祖から〝大和の虎〟の勅許を受けたのだ。大和の虎として、天皇より大連の任命を受けた。気持ちも新たに大和の虎として登る。うっかり苔を踏むとつぶれたところから濃い妖気が吐き出し、吸い込んだ人間は眩暈や吐き気に苦しむのだ。苔のせいで湿った靄がわき、妖気と神聖が胞子となって漂う山は人の侵入を拒んでいる。

登り道は険しく、息を荒げて御神領域に侵入した。

神の社といっても華やかな装飾はない。ご神体の大石が雨ざらしで祀られ、白布で巻かれた丸太が二本、天に向かってそびえている。結界の鳥居だ。

守屋は腰に佩いた太刀を外した。

冷たく光る巨石に六尺三寸の巨体をひれ伏す。跪拝《きはい》のまま身じろぎしない。

先祖を充分に畏《かしこ》み、武張って立ち上がる。丁子染めの貫袴の膝と狩着の土汚れを手で払う。太刀を杖にして巨体を支え、日に焼けた浅黒い顔であたりを睥睨《へいげい》した。

「待たせたな、媼。聞かせてもらおうか」

「ニギハヤヒノミコトに申し上げます。トキヨミ婆、君主、大連守屋様に申し上げますこと、ぜひに、お答え賜りくだされ」

声だけで姿はない。

媼は深い木立に隠れて姿を見せぬまま、雷に打たれて天から得た託宣を守屋におろしている。

媼の言霊を聞くうちに守屋に苛々がつのり、全身が怒りで熱くなる。

「もうよい。――やめいと申すに、やめぬか」

媼が口をつぐみ、ふたりのあいだに緊張が走る。

「御託宣と申せば吾が納得すると思うたか。大和の虎に物の怪を怖れろと申すか。いや物の怪ならいざ知らず、生まれてもおらぬ赤子に怯えろ、言うに事欠いて媼よ、そのほう焼きが回ったか」

守屋はまだ生まれてもいない赤子が、物部の魂を滅ぼすという託宣を戯言《ざれごと》と一笑にふすことができなかった。媼の予言ゆえに得体の知れぬ恐れがあった。

「かようなこと。ご先祖様のお耳に入れるもけがわらしい。ニギハヤヒノミコトの御言を賜るまでもないわ」

恐れからの反発で老女にあたる己の軽率さを悔やんだ守屋は、大豪族の長の貫禄で吹き上がる怒りを鎮めた。

「治乱興亡が避けがたきは世の習い。和平を尊ぶあまりに、武勇の物部一族の長が戦を恐れていかんとする。大和ひとつ治められぬものに、この世を治めることができようか。媼が申すように戦となり、たとえ多くの血が流れようとも、ご先祖様に守られるこの物部が破れることは万に一つもあるまい」

守屋は平常さを取り戻していた。

「許せ。口がすぎたようじゃ。媼も難儀しておるようだの。少しは己をいたわるがよい。とは申せ吾があるのは媼の慧眼《けいがん》あればこそ。一族のため、民の平安のために働いてもらわねば、のう」

「大連様のもったいなきおことば。婆の骨身に沁みまする」

守屋に叩頭《こうとう》したまま彫像と化している媼の姿が浮かんだ。

「媼よ、恙なく、達者でおれよ」

守屋の胸に、まだ生まれていない赤子が刻み込まれたのはこの日のことだった。

其の二

守屋が媼の託宣を降ろされてから、二年の時が流れた。

敏達三（574）年一の月。

春とは名ばかりの凍てついた月の光が、都に煌々とふりそそいでいた。

なかんずく厩戸の地にある橘宮の屋形だけが妖しい黄色い靄に包まれ、ぼうっと霞んでいた。

「あの月の色、あたかも生き血を吸ったようで気味悪いこと」

「なんとまあ、橘様のお屋形をごらんなされ」

「妖しの靄――、凶の兆しでしょう。おそろしゅう、おそろしゅう」

都に暮らすおんなたちが、月を見上げては変事の兆しに身を竦《すく》ませていた。

橘宮では一月にもかかわらず、池のかわずが一斉に鳴き、魚が水面から跳ねつづけている。山では獣の遠吠えがたえない。

生き物たちは、目に見えぬなにかに怯え、血迷うていた。

異変の源は、穴穂部間人皇女《あなほべはしひとのひめみこ》の産《うぶ》の屋形であった。

広間の梁から吊り下げられた錦布で囲い、厳重に目隠しされた三間四方のなかは産の最中であった。

灯心のゆらめく炎が淡く映す錦紗の褥《しとね》では、皇女が陣痛に顔をゆがめていた。都で並ぶものがいないと噂の皇女だが長期にわたる苦産から、その美貌は鬼の形相へと面変わりしていた。

断続的に襲い掛かる激痛に、皇女は呻き、獣のように暴れ狂う。

まこと怪異ばかりのお産であった。
十月十日《とつきとおか》をすぎても、胎児が生まれる気配なく、すでに一年と六か月という長き時が経ってい
た。にもかかわらず胎児はすこやかで、日になんどもおなかの中を暴れ回っていた。皇女のおな
かのふくらみも異様である、にもかかわらず産気は一向に訪れず、あたかも目に見えぬ何ものか
が出口をふさいでいるようだった。だがこの満月のあらわれとともに一気に産気づいたのだ。

同じ頃、
トキヨミの媼は、穴穂部間人皇女の産の屋形を遠視していた。
高さ百十丈ほどの越智丘陵の頂。一面枯れ芒《すすき》の原に、天から降ってきた如く船形をした岩が
あった。舳の五芒星が日の昇る方向に正対し、東西に長さ十間、横幅三間、高さ一丈ほどの岩船。
甲板には方形の穴が四つ舳から艫に並ぶ、その穴は人がすっぽり入る大きさだ。
物部一族では磐船《いわふね》飛龍《ひりゅう》と称して祀る岩である。物部の始祖饒速日命がこの飛龍で、大和の地
に降りたとの口伝がある。舳を抱くようにしてトキヨミの媼が薄着のまま、一月の寒風に身をさ
らし、枯れ枝のような両手を組合わせ、橘の空に向かい印を結ぶ。長い呪文を呟きつづける。
媼がこの地で呪怨をはじめて、早二年を越える。夏の終わりから秋には虫の声を聞き、初雪を
見て季節も冬から二度目の春と変わっていた。こうまでして呪う相手はこの世のものではない。
物の怪でもない。人であって人でない。
呪文が一刻も続いた頃だ。
媼の目に精気がよみがえり、光が走った。

呪殺に入ったのだ。

呪う相手は手強かった。媼の呪いに抗う力は日、一日と確実に強まっている。まるで生き物が成長するかのように――。

これまでにない強敵に手をこまねいていた。

今宵が最後の勝負である。

勝っても負けても、一途に呪いつづけるしか術はない。


産の褥で看護にあたる侍女は良家の采女《うねめ》から選ばれている。胎児の父が認めた数人が昼夜つききりで皇女を看護してきたが、彼女たちには理解しがたい奇っ怪な産であるそれの口外は許されず墓場まで抱えるというのが心労だった。また事情を知らぬ上役からの容喙《ようかい》も看護疲れを増加させた。

徹宵の看護がつづき、母体に等しく心と肉体の疲労は限界を越え、意識も現と虚を行き来している。痛みをやわらげるために、皇女の下腹に掌をかざしていた伽耶《かや》の華佗女《じょい》が訝しげな顔をした。疲労からの幻聴と思い、ふたたび耳を皇女の下腹にあて聞き耳をたてる。しばらく、

「あわっ」華陀女は唇をわなわなさせ、腰をぬかしていた。

「き、き――聞こえた、今の、聞いたでしょ」

華佗女が侍女たちを見回した。たしかに野太い声が、「媼、慢心したな」と発したのだ。媼とはなんのこと。だれかと対話しているようだった。

侍女たちが不安と恐怖に顔を見合わせた。また墓場まで持っていく秘密事が増え、肝を冷やし

て逃げかかるおんなたちを、その声が止めた。

「うろたえるでない。屋形のおもてに控える渡来人のおんな医者をここに、早うに」

胎児が明瞭な口調で命じた。

媪の瞳に、怯えが浮かんでいた。黒い渦に包みこまれる不安に心がわななく。

「もはや、これまで――」

呪怨が相手に通じぬことを悟った。媪は母体のなかの命を奪うつもりであった。しかし胎児はことのほか剛く、策をかえ母体を狙ったが胎児が壁をめぐらせ、呪怨から母体を護りぬいてしまった。

そして敵は反撃に転じた。

「媪、慢心したな」という野太い声を聞いた。

その直後、媪は心の臓を握りつぶされる痛みに、意識が遠のいた。

屋形の外にいたおんな医者は産間に入ると、侍女を追い出しにかかった。皇女の身を案じて、侍女らは褥から離れることを渋った。見知らぬ医者を信用しなかったのだ。

おんな医者が自分は大臣蘇我馬子から直々に命じられた東漢《やまとあや》の者と名乗った。

それにかぶせるように、

「世は私を待ち望んでいる。この医者に任せよ。そなたらは退けよ」

またしても、胎児だった。

再度、肝を冷やした侍女と華陀女は不承不承の様子を見せながら産の間から退いた。

蘇我馬子はお腹の子の父親　橘　豊日命《たちばなとよひのみこと》の叔父である。此度は将来の天皇になる赤子の出産だった。馬子がめぐらす計略の成功には胎児の無事が絶対だった。それゆえ配下の渡来人の医者を遣わしたのだ。

おんな医者は邪魔者が下がったことを確かめる、と百済ことばで呪文を唱えた。

東漢の女医者は晒木綿を梁に引っかけ長く垂した。梁から垂らした木綿で、皇女の両腕をしばり、吊り上げて腰を宙に浮かせる。皇女のひろげられた股間に、正対する位置に座した。皇女の女陰に長い舌を這わせ、ねぶり吸った。舌を細く丸め中に滑らせる。舌には芥子の白い樹液からつくる東漢秘伝の痺液が塗ってある。薬を口に含み、丸めた舌を使って注入をくり返す。

皇女の紫色に変色した唇から絶え間なかった呻き声が、薬の効用から鎮まっていく。険しい表情も穏やかにかわる。やがて健やかな寝息をたてていた。

おんな医者の医術は際立っていた。

迷いのない手つきで、てきぱきと処置していった。東漢の異能である。大臣蘇我馬子と東漢族との関係は深い。東漢は五世紀から六世紀にかけて、本国での難をさけて倭国へ落ちのびた百済、および朝鮮半島南部の漢人であった。難民として倭国に移り住んだ東漢は進んだ文化をもつ学者や技術者の職能集団でもあった。蘇我一族は彼らを保護し、その異能を利用してきたのだ。

おんな医者はあっけないほど簡単に胎児をとりあげた。

しばらくして、元気な産声が屋形にこだました。

「立派な若様だこと」

皇女の下腹部がふたたび、波打った。

屋形に忍び梁上に潜む物部の間者、弓削小角はことの成り行きをじっと見ていた。二人目の誕生を見守るうちに、すぎし日の恐ろしい体験がよぎった。

「いま、ひとり――」

守屋を逐って石斫神社に登った。茂みに身を隠し、下山する守屋を見送り、そのあとを追おうとしたときだった。突如、猛烈な頭痛に襲われ転げ回った。なにかが飛び込んだようで、頭の中を掻きむしりたかった。やがて頭のなかに老婆の顔が浮かんだ。老婆が消えると、頭痛は嘘のように治まったが、この場で見聞したすべての記憶は飛び、代って橘宮を見張るという天命が刻みこまれたのだ。

小角は門から出ていくおんな医者の後を追った。おんな医者は厩坂にさしかかったところで、足をとめた。月明かりで赤子を見ているらしい。

「そこのおんな」

呼び止めたのは、小角だ。

おんな医者が赤子をつれていたことは、満月しか知らぬことだった。

其の三

満月の夜から、十三年の月日が流れた。

崇峻一年（588）晩春三月。

月の光が鄙《ひな》びた山里を皎皎《こうこう》と照らしていた。

満月からこぼれたしずくが流れ込む山の裂け目に、すっぽりとはまった廃里の小屋から姿を見せたのは、散ばら髪の童子だった。立ちふさがる岩壁を蔦をたぐり、するするよじ登る短袖から出る腕や裾から伸びた脚はたくましい筋肉だ。敏捷に登り切ったところは雑草が茂る草原だった。膝丈ほどだった草は背丈ほどになる。草をかきわけ突っ走る。騒がしさに眠る動物が目覚める。驚き動き回るが、騒ぎの元が童子と気づき安心して再び丸くなる。どの生き物も童子の友だちだ。

遠い山では狼が、童子に挨拶して吠えている。

草原が切れ、赤土の斜面を一息に駆け上がると、寝静まる森のはじまりだった。

巨木が鬱蒼と繁り、樹木と土の匂いが充満する。息を切らさずに一気に走り、梟の啼く大檜まで来ると、駆けづめだった童子がやっと立ち止まった。

「おじじ、森の精霊よ。今宵はどうだあ、息災かあ」

森の主に語りかけ、幹に耳をあて、ゴーッという風切り音に似た樹液の流れる音を聞く。心が穏やかになっていく。うっとりと目をつぶり、巨木のなかに棲む木の精霊の応えを待つ。

「さようか、よかった、よかった」

幹をパンパン景気よく叩くと、根元に腰をおろして太い幹に背中をあずけた。

十四歳になるこの童子、名を六という。

六がよちよち歩けるようになった頃から、この老木が父であり、友であり師であった。太い幹を相手に、無限の悲しみとわずかばかりの喜びを吐き出してきた。

枝間から月が見えた。

「いやな色の月だ。なあ、おじじ、血を吸ったようではないか」

月にかかさまを想う六だった。

「おまえは満月の日にかかさまのからだに入り、満月の日に生まれたお月様の子だよ」と聞かされて育った。

「おじじとこうして語り合うようになってずいぶんたつが、このような狂った月をみたことがあるか。災いの兆しか。おじじ、今宵はこうして休むから吾を守ってくれ」

目を閉じた六は我が身の孤独を思った。


夢の中で、赤子の六はかかさまの腕に抱かれ、甘い匂いにひたっていた。

かかさまはトコヨという名の巫女だった。

六は双子の片割れだった。一族では魔がつく双子の片方は遠いところへ放すという習わしがあって、巫女頭から赤子だった六を手渡されたかかさまとこの里へ移ってきたのだった。

赤子を産んだばかりで乳だけはたっぷりあり余っていたかかさまは、六に乳をふくませながら、日の沈む方へと歩き続けた。目に見えぬ力に導かれるように飢えと寒さの中を歩き続けた。

たどり着いたのが、大勢の石工が暮らす間止利の里だった。

間止利の長は、巫女に連れられて里にたどりついた赤子の額を隠していた前髪をかきあげた。額中央に米粒半分大の疣がひとつ。更に両眉の央にひとつずつ、三の疣が二等辺三角を形作っている。ちょうど正五角の上の三点にあたる。

「魔物じゃ。余計なものがついとる」

険しい顔つきにかわった間止利が、忌々《いまいま》しげに言った。

「三つ黒疣《いぼ》ぞ。面倒なものをこの里に押しつけたもの。魔物を石人の宿に入れられぬ。里の生業《なりわい》が崩れてしまう。不憫《ふびん》だがこの子は窟《いわや》じゃ」

長は赤子に六と名付けた。赤子が魔物であることを一時でも忘れぬために、三ツ黒疣の数である三。その倍も忌々しい数の六を名前にしたのだ。

里はずれの岩窟がかかさまと六の宿となった。

間止利が額のほくろの数にこだわった理由はこの里の生業にあった。隠れ里で閉鎖的に暮らしているのは、死を生業とするからである。

祖宗以来の大王、帝の墳墓を作る衆の里だった。帝の墓は死人やその霊魂を生き返らせるための厳かな装置である。巫女頭の媼が占う卦によって、間止利は決められた処に、命を再生する装置を設計、施工、監督する。

とりわけて肝要なのが石である。どの石をどこにいかように使うか、生玉、死返玉や魔除けの毒蟲文様をいくつ彫るか、室なかの装飾、祀る宝などすべてが里長に口伝として残る秘術だ。

黄泉返りといっても、肉体の再生とは限らない。あくまでも霊魂の再生が主である。

墳墓作りでもっとも留意するのが、魔物の侵入を防ぐことだ。六本指で額に三ツほくろの魔物は死人の霊魂を喰らうから、ぜったいに近づけてはならない魔だ。

一族の間止利とは、魔獲りの隠れ名であった。

物部一族は国家の警察・司法と軍隊をはじめ鍛冶や武器生産管理、治水、水利の護岸、道の開拓など表の仕事で朝廷を支えてきたが、この墓つくりという別役は、間止利衆だけが努めてきた厄屠釜忌《きとかまき》であった。厄屠釜忌とは物部族内にさえも洩れてはならぬ極秘神祇である。

長は六を里には近づけなかった。

かかさまは魔物と忌み嫌われる六を、あらんかぎりの力でかばい育てた。読み書きをきびしく仕込んだ。石も炭も豊富な里、石板に炭で書かせた。学びの合間には森に入り、木が千年も生きていて、大きな木には森の精霊がやどり神聖なものだということ。木には口も耳もあるから耳をあて、口をよせれば話ができることを教えた。木の実を使って数も教えた。窟の前を耕して、豆や粟、稗を育て、六に畠仕事も教えた。六には里の衆のだれもが近寄らなかったため、話し相手はかかさまと木々と森の動物たちだった。

五歳になった春の朝、六が目覚めたとき、かかさまがいなくなっていた。

「かかさまは里を出た。おまえは見捨てられた」

長のことばに六は鼻をすすった。

「男はめそめそしてはいかん。よいな、おまえのかかさまだがな」とゆっくりと話しはじめた。

「かかさまのまわりに若い娘や女房が集まり悩み事の相談をしていた。だれでもわけへだてなく、包み込むように応じるから頼りにされた。そのうち男衆も出入りする。男が勘違いするのか、トコヨがだらしないのか、女房もち、ひとり者かまわずだ。狭い里だ。話が広がり男同士に諍いがおこる。熱くなった石工が鑿を手に取っ組み合いだ。けが人も出た。鑿、斧、石と道具にことかかない石切り場だ」

長はかかさまを追い出したわけを幼い六に噛んで含めるように聞かせた。六はこの人に好かれなければ生きていけないと本能的に感じた。人なつこそうな瞳を光らせていた。

六は長に手をひかれ、はじめて窟から里に連れ出された。

小屋から出てきたおとな、こどもがうす笑いを浮かべたり、指さすなかを歩いた。

「ふつうの子じゃん」

「額《でこ》、見せろ」

罵倒されながら、子ども心に見せしめにされる罪人の引き回しだと感じていた。

「魔物めっ」子どもが投げた石が六の背を打った。

「止せ、石雁」

叱られた子が、反抗的な目を長に向けた。

「なぜじゃ、こいつは余計がついとる魔じゃろ。よけいもんの魔は退治せんといかん」

長はつかつか寄っていき、石雁の頬を張った。二発、三発と続いた。

「止せというのがわからんか」

悔しそうな目が六のそれと絡んだ。六はじっと見返した。六より一、二歳上か。拳でなぐる身振りで――、

「おまえは魔じゃ、三ツ疣ほくろのよけいもんじゃ」

六は視線を足元におとした。鶏が餌をついばんでいた。

おっかない、長もその子もおっかない。胸がどきどきしていた。ぐいっと腕を引っ張られた。

「ぐずぐずするな」

背中に冷たい視線を浴びて、里から左に曲がると山をくりぬいた洞に入った。数人の子どもが

ついてくる。石雁もいた。

「魔物、魔物」囃し声が洞に響く。

長にじろりと睨まれ、子どもたちはわっと散っていく。

「洞で里者と奴卑《ぬひ》の域に分かれる。この木戸が境だ。閂《かんぬき》があるのはこちら側だ。奴卑側からは開けられぬ。穢れた奴卑が里の域に入ることは御法度だ。わかったか」

六は長が開けた木戸をくぐって、奴卑の領域に入った。

ゆうべ、かかさまにぎゅっと抱かれて、「六は良い子だよ。長様のいうことをよう聞くんだよ」と頭をなでられたことがよみがえった。六はかかさまにしがみついた。眠ったらかかさまがいなくなる。眠らないでいようと頑張っていたのに、眠ってしまったのだ。

長は朽ちた小屋横の満開の梅の下に六を座らせ、自分も相対するようにしゃがんだ。

「おまえは今からひとりだ。ここを出たら一日と生きてはゆけぬ。この長の言うことをきけば十五の年まではここにおく」

子ども心に、だいじな話とわかった。長の顔をじっと見てうなずいた。その気持ちが伝わったのだろう。恐い顔だった長が目を細めた。

「かかさまという巫女の魔封じを失ったおまえは、二度と木戸の向こう側には入れぬ。身分は奴卑並だ。自分から里の者に話しかけるのはご法度だ。おまえはこの里の厄介の種だ。みなが魔物、魔物とつらく当たる。おまえのせいではなくても、おまえにあたることで自分の苦しみや辛さが一時薄まるからだ。どんなことにも耐えよ。おまえがべそをかいてもだれひとりおまえの痛みなど気にしない。わかるな」

「わかりました。長さま」

「かしこいぞ」

「ここは童だって役立たずでは生きていけぬ石工の里だ。おまえはきょうから石工の見習いに入る。十年がまんできれば一人前になれる」

六は間止利が言っていることを理解しようとつとめた。

「おれには石雁という息子がいる。いましがた石を投げた腕白だ。石工の修行をさせる。おまえとの競争だ」

六はこのとき、石雁という名に惛《くら》さを感じた。

長は先立って朽ちた小屋へと入っていく。家畜小屋だったのか鼻が曲がりそうな糞尿の臭いだ。

「石粉をまけば臭いはおさまる。おまえの塒《ねぐら》だ」

そこは炭焼き小屋、鉄うちの竈がある奴卑が生活する区域だった。洞の向いにあるのが六の小屋。左手には豆、黍《きび》、粟稗《あわひえ》を植える畠と大きなボロ小屋があった。奴卑たちが雑居している、と長は教えた。

「砥ぎを覚えろ。鑿《のみ》砥ぎは石工の入口だ」

手招きされた六は小屋に踏み入った。土間がねめぬめしている。牛や馬の糞尿をたっぷりと吸収しているのだろうと六は思った。少しずつ息を吸った。悪臭が目に染みた。顔をゆがめ、目をしばたたいた。

「臭いだろ、おまえの塒だぞ」

六はなにを言えばいいのかわからなかった。ここにひとりで寝ると思うと悲しかった。

「手本を見せるから来い。鑿だ。石を割り削る道具で石工の魂だ。小ぶりの細工用だ。うろこ紋などの文様を彫るのに使う」

冬の名残の薄い陽ざしが照らす黒い石のまえに、長が格式張って座った。あぐら座りするへその高さの木台に艶のない黒い石が載っている。六も緊張してならった。

「これが砥石だ」

指先で黒い石を二度叩いた。六はよくわからないなりに長の意をくみ取り、黒い石をじっと見た。見いっていると石に吸い込まれそうだ。

驚き顔をあげたのは長に小さな手をつかまれたからだ。長が六の甲に鑿の刃をあてて、六の目をじっと見つめた。六がかすかな痛みに目を落とす、と薄皮が裂けて赤い線が膨らんでいた。

「しくじるとこうなる。血も出るし指一本飛ばすのはわけない。怪我ではすまぬぞ」

六は真剣な目で返事をした。口のなかがからからに乾くほど緊張していた。役立たずでは生きていけぬ、ということばが六の頭に渦巻く。よけいもんをかみしめて、この人に嫌われたくないという必死さでいっぱいだった。長が左手で上から包むように鑿を握り、刃先を前にして胸で構えた。

「平らな方が外になる。面が平らでないと使い物にならない」

六も長にならって、左手で構える真似をする。長が満足そうなので、六はうれしくなった。

娘が恭しい物腰で瓶を持ってきた。

「長さま、遅くなりました」

長が顎で砥石の横を指示すると、娘はそこに瓶を置いた。

「おまえの飯を運ぶ奴卑の娘ももだ」

娘は六を一瞬、にらんだ。

「もも、六だ。弟と思ってやれ」

「はい、長さま、ご用はよろしいでしょうか」

長は顎で娘を下がらせた。

「砥ぐぞ。よく見ていろ」

傍らの瓶から指先ですくった水を砥石にたらし、水分が均等にしみ込むように石の表面に引き延ばすことを数回繰り返す。

「石が喜ぶうまい水を飲ませてやれ。飲ませすぎはいかん。石が腹を壊す、腹を壊した石は鉄に負ける」

六は長のことばを聞き逃すまいと耳をそばだて、些細なことも見逃すまいと目を見開いた。

「砥ぐということは、この面を平らにすることだ。光っているここが刃だ。大事なのは裏の平らさだ。まず平らな面を石にのせて、滑らせる。力をいれずにまっすぐに引く。まっすぐに押す」

砥石にのせた鏨をなか三本の指で押さえ、小気味よく、スースーと滑らせた。透明だった砥石の上の水が黒っぽく濁り、血の匂いが広がった。

「やってみろ」

長があけた場所に、六は砥石に対して真正面となる位置に膝をそろえて座った。小さな手で石の上の鏨を掴む。ずしりと重みが心につたわる。

鏨の裏表をためすように見た。薄墨のように澄んだ黒い鉄棒。平らに引き延ばされた表の先端、僅かな部分だけが青白く光っている。ここが刃なのだと指先を当ててると厳粛な冷たさが伝わる。瓶から水を数滴、石に垂らす。うまい水をのませてやる、と心で語り、水玉を指先でころがし石の表面に延ばす。左手で柄を握り、右手の人差し指と中指の先で鑿の刃を砥石に押しつける。このとき力を抜く。六はできる限り、押し引きをなめらかにして、すべりの力かげんも無駄がないようにした。指先に鉄が石に擦れる感覚が伝わる。数回、前後に動かすだけで透明だった水が黒く濁る。わずかに血の臭いが漂う。右手は押さえるだけにする。自分は無意識でしたことだが、それが鑿砥ぎのコツだったことを後日知った。

「筋はわるくないぞ。六」

砥いだ鑿の刃を陽の光に当て、矯《た》めつ眇《すが》めつする六の背中から長が褒めた。六はうれしかった。

「次は腕腰の鍛錬だ」

小ぶりの鉈《なた》の素振りだった。

「エイ――ッ！」

両手で握った鉈を頭上に振りかぶり、腹に力をためて、息を吐きだし振り下ろす。重い鉈を腰の高さでぴたりと止める。

六は難なくやってみせた。

「ほう」

感心したことが間違いだったと言わぬばかりの強い口調で命令した。

「毎日、朝と夕に二百回やるんだぞ」

「ハイ、長さま」

かかさまに捨てられ、長に拾われたこの日は、六にとって生涯忘れられぬ日となった。

その日の夕刻から、六は長の言いつけを守って鉈の素振りをした。

はだしの足の裏で地面をしっかりつかみ、鉈の柄を絞るように強く握る。握りが悪いと手を離れた鉈がどこに飛ぶかしれぬ。気を抜けば怪我ではすまぬ。最初は素振り十回で息が上がり、三十回で汗が吹き出し、腕があがらなくなった。それでもなんとか百回まで振った。

気づくとももが見つめていた。見返すと視線を外して、食はおいたと作事場をさす。六がなにかをいいかけようとすると、ももは小走りで去った。

家畜の糞尿の匂いには慣れたが、長の教えにならって土間に石粉を撒いた。臭いを吸っている板壁にもすり込んだ。

幾日もかけての、繰り返しの作業だった。

ある日のこと。めしを運んだももが鼻をくんくんさせた。六と視線が合うと無言のまま小走りに帰って行った。

素振りをはじめて数日で、手は豆だらけになった。痛みで鑿も握れなかった。指、掌を見た長は鉈と手が仲良しになれば豆はできなくなると、草を絞った汁を豆だらけの掌に塗ってくれた。歩いたり走ったりするのと別のところに力が入るのか、足の裏にも豆ができた。足の豆は水ぶくれになり、つぶれた。血が出る。それでも六は素振りをやめなかった。

昨夜は恐い夢を見ずに済んだ。

かかさまが去ってから見つづけていた夢は、こんなふうだった。

かかさまの後ろ姿。六が声が枯れるほど呼びかけ、追いかけてもかかさまの背中は小さくなるばかりだ。もうだめかとあきらめかけたところで、かかさまが立ち止まる。大きな川につきあたったのだ。六は追いかけ近づいて、呼びかける。

「おいていかないでよう」

振り返ったかかさまの顔は、目も鼻も口もない白い丸だ。それも甲虫のさなぎの白に近い。ぬめりと光沢のある白色は、なんど見ても恐しかった。顔がないのは、かかさまではなく、どこかでよけいもんではないもうひとりと暮らす自分を生んだ母親ではないのかと思った。

顔なし女が毎晩、夢にあらわれていたのだ。

その恐い夢を昨日は見なかったのはなぜだろうか。素振りや鑿研ぎを一所懸命にやるからだろうか。季節が変わって、夜が温かくなったからだろうか。起き上がった六は早速、鉈を手に外にでて、素振りをはじめた。

ひと月もすると、手も足も皮が厚くなって豆はできなくなった。鉈と手が仲良しになったと六はうれしかった。十回で息切れしていた素振りも、五十回はこなせるようになった。こころなし腕も太くなった気がする。

其の四

そんなある日、石切場で石工がふたり石雪崩につぶされ死んだ。

長は六に言い聞かせた。

「トコヨの呪いだ。長のおれも畏れていたトコヨの祟《たた》りだ」

事故とかかさまの関りを憂《うれ》いた。

六が知らなかったかかさまについて、長はこんなふうに話した。

トコヨは物部の巫女だったのだ。謂《い》われがあって赤子と里に落ちてきたが、本来は間止利と交わることがない神聖な身分なのだ。

最初は敬い畏れていた里者も月日のうつろいに伴い、意識下でトコヨを普通の人間と変えてしまった。炭や石板との見返りに身を任せる女にした。あげくに〝汚らわしい淫女〟と男も女も寄ってたかり、石つぶてをなげて追い出した。

感情のたかぶりで追い出してから、トコヨが巫女だったと気づくが、すでに遅い。気づいた里人がいつか祟りが起こるのではと恐々としている矢先に出来した事故だ。家族を失った遺族は巫女を追い出したものたちを恨み、罵った。

「トコヨの祟りが続くのではないのか。いつ、どういう災いが起きて、何人が死ぬのか。逃れられない漠とした畏れに囚われてしまった里人は苛立ち苦しんでいる。日々ふくらむ畏れで気が狂いそうだから逃げ場をさがし求める。追い出した側、家族の働き手を失った側、いずれの女衆も溜まるうっぷんを晴らさねばならぬ。六、おまえに八つ当たりがきても我慢するんだぞ」

顔なし女の夢を見なくなったことと、かかさまの祟りは関係があるのか六はひとりで苦悶した。

長が予告したことが起きた。

昼間、木戸まで来て六を不快な表情で眺める女が、夜、木戸を越えては無抵抗の六を痛めつけた。奴卑たちは見ぬふりをするしかなかった。顔の青あざや傷を薬草を叩いた汁で冷やしてくれたのがももだった。そんなとき六は気持ちがかっかして喜びや感謝よりも不思議な苛立ちを覚えていた。

かばうものがいない六の逃げ場は森だった。森にいれば里人は来ない。森では幻想のなかに逃げ込めた。樹木に耳をあてて、樹液の流れる音を聞く。胎内で聞いた母御の心の臓がたてる音に似ているという。自分と一緒に同じ音を聞いていた兄弟がいた。

よけいにならなかった方だ。

自分はよけいもんになった。

なぜだ。なぜ自分なのだ。

なにがちがうのか、額の黒疣か。両親は自分に思いをはせる日があるのか。

会いたい。会える日はあるのか、会ったらば、と思いをあそばせていると経験したことがない孤独感と苛立ちにじっとしていられなくなるのだ。

気づくとあっという間に時がたっていった。遠のいていた安堵の眠りも戻っていた。

やがて六を襲撃したおんなが病になったのと、里の霊能者が「六を痛めることが、トコヨの祟りを更に呼びこむ」と予言したため六への八つ当たりは消えていった。

五月の降りやまぬ雨に打たれながら、六の素振りは休みなく続けられた。鉈の重みを自分の物とするところまで達していた。素振りも早くなる。ただ早いだけではない。

疾くて、正確な素振りだ。六の体がそういうことが可能なように変化したのだ。

長に筋がいいとほめられた鑿砥ぎもたのしくてしかたがない。入道雲が湧き上がるころには、石工が使うほとんどの鑿を砥げる腕になっていった。

「きょうから、薪木を割れ」

新たな作業を与えられて、無闇とうれしかった。役に立つ男、と認められたからだ。

薪木置き場には、太い幹をおおざっぱに割った薪材が日干ししてある。無造作に一本とった材を平石に立たせる。六の背丈の半分ほどだ。くるりと四分の一回転させた。無意識の行いだった。長がおやっという目をする。否定ではない。好意的に頷いた。薪は年輪に逆らうとスパッと割れない。年輪に対して平行に刃を入れるのが基本だ。六はなぜかそれを瞬時に見抜いていた。

「えいっ」素振りの要領で鉈を振り下ろす。

鉄刃が木に食い込み、パカッと乾いた音を立ててまっぷたつに裂ける。手に伝わる一瞬の感触。一連の流れは六には新しい遊びだった。

里では炭も焼く。鉄もつくる。割っても、割っても薪木は足りなかった。

六はたえず動いていた。砥ぎが上達したので、長は石工が使う鑿を数日おきに、小屋に持ち込んだ。一本、二本ではない。十本をこえる日もあった。そして、砥石の種類も増えた。石は鑿によってかえる。荒砥ぎ、中砥ぎ、仕上げ砥ぎで使う砥石もちがう。一日の半分が鑿砥ぎ、残りを薪木割にあてた。薪木割で使った鉈も、磨ぐと切れ味が一段とよくなった。

鉈を我が手のごときに使う六は、薪木の木目を読んで鉈をふるい、板をとることを覚えた。月明りで丸太から板を木挽き、作事場の傷みを修繕した。一日中、六は汗まみれだった。

この頃からだ。

六が日暮れを待ち遠しくなったのは。コウモリが飛び交う頃になると、奴卑小屋で歌がはじまるからだ。透き通った娘の声が奴卑小屋から流れてくる。かかさまがよく歌っていた調べに似ている。歌を聞くと気持ちがおだやかになり、六の仕事もはかどるのだ。

ももの声。六はそう信じていた。

夏の終わりには土間の半分が簀の子敷きとなった。かかさまとの洞窟暮らしの時、土床に簀の子が敷いてあったのを、見よう見まねでつくったものだ。残りの土間を突き固めて、砥ぎの仕事をやりやすくした。雨が吹き込みぬかるむ土間だった。手前に間口いっぱいの深い溝を掘り、出てきた土を盛って奥の部分を高くした。降り込んだ雨が溝に流れこむようにとば口には勾配もつけた。これで奥はぬかるまない。

土間に転がしていた砥石を並べる棚台も設けた。

ももがあまりのかわりように目を見張ったが、なにも言わなかった。六はもっと驚かしてやろうと気持ちを燃やした。

長雨の八の月になっていた。

長が作事場をのぞいた。「ほう」と言ったきりで息を呑んだ。そして、まじまじと見まわして、

「舎宅《しゃたく》らしくなった。釘は竹を削ったか。溝の底にも勾配をつけて水が流れるようにしろ。折角だからな。これから冬だ。風がはいらぬように板ですきまをふさげ。山から粘土を採って、すきまに塗るといい」

家つくりを長に誉められて、六は有頂天だった。

「これと仲良しになれ」

長さ二尺ほどの木柄に大人の拳ほどの黒い鉄の塊が嵌まっている。塊はとがった三角で幅広いところが刃になっていた。鉈に比べると刃の長さは短い。

「鉞《まさかり》という刃物だ。使い道は鉈と変わらぬが、使い方はまるでちがう」

「長い棒がついている」

六は棒の長さこそ使う上で重要と見抜いた。

「おまえの背丈にあったものだ」

手渡された。ずっしりとした重みがあった。鉈とは重さも釣り合いもちがう。きっと切れ味もちがうだろうと思わせる剛さを感じた。

試しに素振りをする。お腹で止められずつんのめった。長が声をあげて笑った。六はきまりが悪くて顔があつくなった。

「その意気でやるんだ。今日から、これで薪を割れ。素振りもだ」

素振りは手こずった。とても無理だ、と長に隠れて薪割りはこれまで通り鉈を使った。そうでもしないと必要なだけの嵩を割ることができない。

長を欺《あざむ》いている。

鉈を使うたびに、疚しさが積もった。長が来たときは持ち替えられるようにと、鉞を手元に備える自分が情けなかった。鉈を使わせてください。長の顔を見ると、その一言が言えなかった。

鉞だって素振りのコツさえつかめば、薪も割れる。長を裏切らないためにも、一日も早く素振りができるようになるのだ。来る日も、来る日も素振りをくりかえした。

慣れない鉞の素振りで再び掌に豆ができて皮がむけて血が出た。草葉の絞り汁を塗りつづけると、いつの間にか豆ができない堅い皮になっていた。

偶然だった。

「エイッ」

鉞を肩の高さで止めるつもりで振り下ろすとちょうど、へその高さでとまることがわかった。なんど試しても、鉞はへその高さでとまる。

素振りにも慣れて、鉞を薪木割に使ってみた。柄の尻を握り振り上げる。先端についた鉞の重さで自然に落ちる。刃先が丸太に食い込む。しっくりと来ない。

砥げば生き返る。刃物はなんであれ、砥がずにはいられない。長の大きな手が鉞を握りしめ砥石に滑らす手つきを頭に思い描く。鉞を砥ぐところは見てはいない。手がどうおさえるのかわからない。が大凡の見当はつく。砥ぎの技術については、そこまできわめていた。頭に浮かんだ長の手つき。鉞との向き合い方——を再現する。

左手で鉞を上から押さえ、右手で柄を下から支えていた。刃にあった勾配で右手を固定して柄を支え、上半身を泳がすようにして押し、背を戻して引く。鉈は重みすべてを砥石にかけられる、が鋭くとがった山形の鉞では自分の力で固定しなければならない。

六の小さな手で固定させるのはむずかしい。挑むがうまくいかない。鉞が砥石から外れ、突き固めた土間にごろりと転がった。できぬ自分に腹がたつ。砥ぎたい、来る日も来る日もそれに没頭した。

長から鑿砥ぎを教わったときの光景がよぎった。砥石に対して、きちんと座り鑿を滑らせた。

どこまでもあれが基本なのだ。よい方法はないか。必要なのは鉞の重さをかける台だ。

砥石の横に薪木を積み、その上に鉞の長柄をそっとのせる。砥石と薪木の間に鉞で橋を架けたかたちで、手をはなしても砥石から落ちない。砥石の上で鉞を慎重に押し引きする。楽になったが、刃の角度調整がきかない。ちょうどよい高さになるまで薪を鉈でそぐ。我が手となった鉈ならどんな加工も出来る。薄くそぐときは、鉈を固定して材を引いて滑らせる。薪木の高さの調整で鉞の刃の勾配と砥石がぴったりと吸い付くようにした。

完璧になった。

右手で鉞の背を、左手で刃を上から押さえる。ゆっくりと前に押し出し、砥石の上を滑らせた。回を重ねるうちに柄を支える薪木がずれて、鉞の刃の勾配と砥石の面が合わなくなるのだ。

「台じゃだめだっ」

視線を感じた。

「長様――」

振り返るとじっと見られていた。口がなにか言おうとしたが、長はなにも言わずに洞窟に向かって引き返した。これが鉈で薪を割っているところだったらと考えると震えがきた。


山が紅葉で燃えていた。

六が石工の修行に入って八か月が経過した。

六は連日休みなく素振りと薪割り、鏨砥ぎをつづけていた。鉈と鉞も使いわけた。刃の長い鉈は年輪と平行に、刃の短い鉞は年輪に直角に使う。視線を覚えると、ももがこちらを見つづけているということがたびたびあった。六が見返すとももは立ち去ってしまうのだ。話があるのかと思うのだがそうでもないらしい。そうして六は作業に戻る。

ある日、ももが去ったあとに草刈り鎌を見つけた。持ち帰り、丁寧に砥いだ。それを元に戻した。気づくとなくなっていた。代わりに野いちごの赤い実が数粒おいてあった。

そのあいだもどうすれば鉞を研ぐことが出来るのか考え続けた。思いつくと地面に薪の先で図案を描いた。丸太二本が中央で交差してあるもの。その上に鉞が架かっている。丸太の頭に鋭角な切り込みが入っているもの。丸太が鏃のように尖っているもの。作事場前や薪割場あたりは図案だらけだった。

「なんだ?」

長が図案を見つけて問うた。

「鉞を砥ぐ台です」

「丸太を使うのか」

六はまだ思案中だと断って、地面に図を描きながら考えを話した。

砥石の横に、切り込みが入った丸太を二本打ち込む。丸太の上面は砥石より少し高くする。二本を同じ高さに揃える。反対側は尖らせれば打ち込みは楽だ。二本の間隔は一尺ほど。鉞が砥石の上を滑る長さより少し長い。切り込みに柄をのせると砥石と刃の面がぴたりと治まる。

「工夫だな、早速、作って見ろ」

長に励まされた六はうれしかった。長から認められたのだ。考えどおりに砥石に柄がかかるように、切り込みを削いで刃の勾配と砥石面がしっくりくるまで調整した。あらためて、柄を丸太の切れ込みに嵌めるように設置する。鉞の半分が砥石にのる格好だ。鉞を前後に滑らせる。

「悪くない」

鑿を研ぐような気持ちで、少しずつ慎重に滑らせてみる、が上々で問題はなかった。

「どうだ、できたか」

六ははやる気持ちで手に余る鉞を充分に砥いで見せた。長はうなった。

「でかしたな、六」

六が喜ぶほどに長の表情が曇った。心底から褒めてくれたのになぜ、長はまだ不満なのか。去って行く長の背中に翳りがあった。これでは足りませんか、背中に心で呼びかけた。

冬の気配を含んだ風にのって、奴卑小屋から歌が聞こえてきた。

今日もももが歌っている、と六は思った。


八つになる頃には、鑿《のみ》をはじめ刃物のすべてにおいて、六の手にかかったものは、他のだれが砥いだものより鋭い切れ味に仕上がった。

石の加工でも毎日の薪木割りからコツを掴んだのか、何処がもろいかを瞬時に見分けることができ鑿の使い方にも無駄がなかった。

炭も焼くし、鉄つくりでは、長から火加減を見る目を持っていると誉められた。

里の子どもたちは石工現場に出ているから、現場に出ない六を「ごくつぶし」「無駄めし喰い」と罵り、木戸を越え襲撃にくる。間止利の長子、石雁は酷かったが六は無抵抗だった。ただ気づかれぬ程度の受け身と防御をした。打たれるふりをしながら、巧みに身を躱して、痛手を最小のものにしていた。後になってわかったことだが、石雁の六への暴力は父から六の技能と比べられ、油を絞られた腹いせだった。

其の五

十二歳の夏だった。

この頃、六は背丈が伸びて、からだは子どものものから大人へと変わろうとしていた。五歳から一日も欠かさなかった素振りが均整のとれた無駄のない筋肉をつくっている。小ぶりな鉈ではじめた素振りは、今、大鉞だ。

長が六の身体を値踏みするようにみて、おしいなと言う。魔物でなければ、現場でほかの石工といっしょに働けるのにと六は淋しかった。長の力になれぬ自分がうとましかった。やっぱり自分はよけいもの。双子の片割れは生れてきてはいけない身だったのだ。


里の空を夫婦鶴が舞っていた。林では蝉がないている。

六は鉄杵の柄に使う樫棒を削っていた。石工が使う道具の補修や改善も六の務めだった。

聞こえた──、悲鳴だっ。

六の動物的な聴覚が捕らえた。助けを呼ぶのは奴卑小屋裏に流れる小川のほうからだった。

反射的に作事場から飛び出した。一息に小川へと走った足が止まった。これ以上、近づいていいのかわからなかった。

水辺の草むらで人がもつれ合っている。馬乗りになった男が女の抵抗をかいくぐって、きものを剥いていた。短いきものから白い太ももがあらわになっている。乳色の太腿に虫が食った跡が、赤いブツブツになっている。

「いやあ、やめてえ」

思わず走り寄った。

男の後ろすがたに見覚えがあった。六よりもからだが一回り大きい石雁だった。石雁の腕を下から押さえて抗う女と目があった。

もも——。

石雁と同い年の十五だ。作事場にやってくるたびに、六がどきどきする相手だった。

「六、助けて、助けて、おねがい」

荒い息づかいだった。振り向いた石雁のイタチ顔が六を睨みつけた。

「フン、ごくつぶしか。——ぼさっとしねえで手伝え。おこぼれやるぞ」

「やめろ」

ことばが口を飛び出ていた。

「なんだとう、こら、だれに向かって言っとるんじゃあ」

もう六は止まらなかった。

「ももがいやがっとる。やめろ」

石雁は抑えつけていたももの腕をはなした。吊り上がった目に険が湧いた。顔が赤くなる。

「てめえ、その手はなんだ。やる気か」

樫棒を握っていた。

「そうじゃない、これは」

六は棒を遠くに投げ捨てた。

石雁がももから降りて立ち上がった。ももはくるっと回転して立ちあがり逃げる。

「吾は長の後継ぎ石雁だぞ。奴卑並が死にてえのか」

石雁の顔が昂奮で赤黒い。腰の鞘から長鑿を抜いた。右手で柄を握り腰のあたりでぶらぶらさせて間合いをつめてくる。

「鑿砥ぎくらいで、一丁前ぶるんじゃねえ。現場に出れねえ穀つぶしがっ——くらえ」

上から鑿で殴りかかる。耳元に風を感じた。体を傾けて躱す。足がとぶ。右にからだを開く。

「野郎っ、目ん玉、くりぬいてやる」

「やめて」ももの金切り声。

「もも、逃げろ」

「もも、動くんじゃねえぞ。かわいがってやるからな。まずはくそガキをっ」

突いてきた。後ずさりしてやりすごす。返す鑿が胸を狙って払う。からだを反らせる。大きなからだがぶつかってきた。がしっと受け止めて、石雁の脇に入った右腕を捲く。身をわずかに引き腰をひねった。石雁がころりと転がる。攻撃を防ぐだけのつもりでいたのに、なりゆきとはいえ自分が攻めてしまったことに六は動揺した。

「よせ、吾はただ嫌がる相手にやめろと言っただけだ」

石雁は息を荒げ、肩で呼吸をしながら起き上がった。

「やめてえ、おねがい」

「吾は石雁と闘う気はない」

「こっちには大ありよ。魔物のてめえがいるばっかりに」

腹を狙って伸びた鑿、身体をひねってかわした。胸をなぎはらう刃、一歩さがって見切る。

「怪我をする。やめろ」

石雁の口の端が小刻みに痙攣している。微妙に瞳が揺れている。はっきりとした殺意を感じた。

「吾が謝る。だから――」

「石雁、わたしももういいから、やめて」

「おせえんだよ、スベタが」

目くら滅法に突いてくる鑿をわずかな動きで次々とかわす。日々の素振りがこの動きをつくっていたのだ。一方の石雁は動きが大きく無駄が多い。息もすっかり上がっている。それが判るほど、六には余裕があった。

「たのむ、やめろっ」

石雁ののど仏がごくりと動いた。鑿を握り直すと腰だめにした。体当たりで突いてきた。瞬間に六は右二の腕で内側から石雁の左腕をはじいた。鑿を握った右腕を左脇にがっちりと決めて、逆にこじり挙げた。石雁が苦痛に顔をしかめる。六はさらに締めあげる。痛みに顔をしかめる石雁の手から鑿がぽとりと落ちた。腕を逆にきめたまま、足を払った。石雁は無様に尻餅をつく。

「もうじゅうぶんだろ」

息一つ乱れていない六が地に伏す石雁を睨んだ。一瞬、殺意を見せつけた。石雁の目に恐怖が広がった。六は目から凄味を消す。

「覚えてやがれ」

言うが早いか、石雁は一目散に走り去った。

鑿を拾った。自分が丹精こめて砥いだものだった。

「こんなことに――」

石雁が持っていたというのが悔しかった。こいつで腹を突いてきたと思うと哀しかった。

気づくとももがふらふら近づいてきた。今になって恐ろしさが増したのか、わなわな唇を震わせ、よろめきそうな上体を踏ん張った足が支えている。ももはじっと六を見つめていた。唇がなにかを言いかけた。六はどぎまぎして、視線をはずした。その場から去りたい一心で、訳もわからぬことを言って逃げだした。


その日の暮時だった。

六は作事小屋の前で急降下をくり返し、虫を補食しているコウモリを漠然と見ていた。あれからももはどうしただろう。からだが熱を持ったように落ちつかず、作事が手につかなかった。

こんなことは初めてだった。

人と争ったのも初めてなら、おんなの太腿を見たのも初めてだ。ももはなにを言いたかったのか。なぜ怪我してないかの一言をかけてやれなかったのか。後悔とは異なる悔しい感情が次々とわき起こるのだ。ふだんどおりならももが食事を運んでくる。なにを言えばいいのか、どう接するべきなのかわからない。

歌声は聞けるのか。

六の気がかりをよそに、ももより前にやってきたのは長だった。

珍しく顔を緊張させていた。昼間のことだなと六は思った。

「石雁たちがおまえを殺しにくる。人ではない奴卑並のおまえが相手だ、わしが止めたら倫《みち》にはずれる」

雲が月星も隠す闇夜だった。

里から洞を通して殺気がひたひたと六の元へと寄せてくる。敵は石雁たち質のよくない連中だ。長は「逃げろっ」と言った。この事態を避けるにはそれしかないと説得したが、六はかたくなに断った。

「奴らの血を流すな」

そう言って六の肩を叩いた。思い出すだけで虫酸が走る石雁だ。長は六の恩人だ。恩人が吾子の血を流すなといえば、一滴の血も流すことはできない。

六は作事場の土間にどかっと胡坐をかき、背を外に向けていた。見ようによっては隙だらけだ。強い殺気に身がすくむ。恐怖は自分の心の中にひそんでいるのだ、と己に言い聞かせ心を空洞とした。死は恐れようと、恐れまいと見境なく襲ってくるのだ。死なんかこわくない。痛みなんか慣れている。長の言いつけを守る策に、月を選んだ。命運を月に賭けたのだ。

六は髭の生えない頬をパンと叩き、肚を決めて、ひたすら月の出を待った。

罵声と荒々しい足音が近づく。

洞の境木戸が開かれ、奴卑の穢れ域へと集団が侵入してきた。殺意の塊が闇を伝播してくる。

月は出ない。フクロウが鳴きやんだ。

間口一間の作事場の前を、石雁を中心に五人が固めた。

夜目が効く一族だ。六が背を向けている姿形が見てとれるはずだ。昼間の一件で六の力が身に染みているだけにうかつに動けず、息を殺し攻撃をためらっているのだ。

あたりの空気が限界まで張り詰める。

月はまだか。六は焦れる自分を鎮めた。座した六の背中は微動だにしない。息さえしていないかのようだ。

石雁たちも武器を構えたまま、石のように動かない。

そのとき、
雲から月が出た。

月光が、六の背を照らした。

光がしずくとなって六に降り注ぐ。淡い光に反射して、六の背中でなにやらが浮き上がる。

時がとまった。

息をのむ石雁らが呆気にとられているのが、背中に伝わる。

「うぉーっ」畏れからのうめきだった。

息をのみこんだまま男たちは凍りついた。帝のよみがえり装置である墓づくりを担う一族だからこそ、六の背中に突如あらわれた絵図に畏れた。厄居釜忌の儀式で貴人の墓に彫り込む物部の祖饒速日命《にぎはやひのみこと》の御徴《みしるし》が六の背中に浮かび上がったのである。我に返った石雁が武器を投げ捨て、跪拝した。他の悪童も真似た。

殺気は消えた。

六はただ座りつづけた。ながい間があって、石雁たちはひれ伏したまま、後退をはじめた。洞の口まで下がって、ようやく立ち上がった。口を聞くものはだれひとりいない。洞を里の域に向かって逃げ帰る。

背を向けていても、石雁たちが狼狽するブザマな姿が見えた。

六がふーっと大きな息をひとつついた。

「長、血は流さなかったぞ」

深いしじまのなか、六は立ち上がった。振り向き、歩をすすめると、皓々と照らす月を見上げた。月に賭けたのだ。そして月を味方にして勝ったのだ。

「おまえはお月さまの子だ」

かかさまが幼い六に夜ごと言い聞かせたことばは、自分のなかで血肉となって生きている。

肩から回した手で、背に貼ったものを引きはがした。木の葉のように薄くそいだ白木肌。それに饒速日命の御徴。五芒星の図を描いたものだ。物部であれば、奇跡を畏れ跪く、との思いで試みた策である。

昼に続いて、自分の力に確信をもった。ももにもふつうに接することができる、とそんな自信さえ生まれていたのだ。

六を見守るかのように、月がしずくの帯で称賛していた。

このときを待っていたかのように、奴卑小屋で歌がはじまった。今宵の歌声はどこか悲しげだ。

悪天候がつづいていた。

数日降りやまぬ雨に祟《たた》られていた里だったが、今朝になってようやく止んだ。山からの雨を貯めて、早瀬が寄せる川岸の仮小屋では、里のおんな衆が色だしをしていた。

石に隠れた赤、青、黄などの色素《いろもと》は、墳墓の壁の絵図に使う顔料で、石から色粉を取り出すことを色だしという。河原から見繕った石を六が砥いだ鑿で割り、小槌でたたきつぶし、粉々のなかから色素だけをかきだす。はるか昔からの掟で、聖なる墓室のなかで使われるものだから、穢れた奴卑の手がふれることはゆるされない。そのため里のおんなが総出であたる習わしだと六は聞いている。

里は新しい墳墓の厄屠釜忌に入っていて、男衆は六を除いて奴卑まで全員が出払っていた。六は川を見下ろす小高い丘から、森に入っていった。

雲の流れが早すぎる。

森もさわがしかった。鳥がけたたましく鳴きたて、木々の間を兎や狐が走りまわる。ふだんは川辺で水をのむ鹿もあがってきている。

虫の知らせだった。

思いもしないひどいことが起きる。違和感をおぼえた六はおじじの木へと走った。

「おじじ、おじじよ。森の精霊様、なにがやって来る。なにが起こるのじゃ」

老樹の幹におしつけた耳をすます。ゴーッと風切りの音に似た響きに異状はない。

「おじじよ、答えてくれ、――――教えてくれ」

樹液が流れる生命の脈打ちの音に紛れて、精霊が語りかけてくる。

「ほんとうか。だいじではないか。川、川がか。ありがとう、おじじ」

礼もそこそこに六は走った。森を抜け、草原をかきわけて走る。

「おーい、川があばれるぞ、みんな逃げろっ」

声をかぎりに叫び、全力で走る。蔦を縄代わりに、岸壁をするする降りる。

「川があばれるぞ」

奴卑の区域に、人影がなかった。奴卑全員が厄居釜忌の現場に移っているのだ。六の目が岩洞で止まった。気合いを入れてここまで走ったが、足も完全に止まった。六が足を踏み入ることを禁じられている洞だった。

洞の先には間止利衆の聖域がある。穢者の立ち入りが許されぬ神聖な場所である。直前で立ち止まりうす暗い洞に向かって叫んだ。

「川があばれるぞう。川があばれるぞう」

六の声が洞に反響する。反対側から反応はない。

「里の衆、吾は六です。川があばれますよう。色だしのおんな衆があぶないですよ」

六の声は洞にむなしくこだまする。

「色だしのおんな衆が流されますよう」

川は里の先を流れている。里を通り越さないとおんな衆がいる川に声が届かない。

もどかしさ。ためらいを振り切り、洞のなかに入った。

木戸に顔を張り付け節穴からのぞく。暗い洞の先に半円に切り取られた白昼の里があった。

木戸が侵入を拒んでいる。貫木《かんぬき》は向こう側から開く。奴卑側からは開けることができない。

「川のおんな衆があぶない。川があばれるぞう」

待つ、――――、緊張してしばし耳をすまし反応をうかがう。

「こんなものっ」

木戸を蹴った。びくともしない。こんどは渾身の力で蹴った。べきっと音をさせて穴ができた。

木戸にできた穴をくぐり洞を一気に走り抜けた。かかさまが去って、はじめて足を踏み入れた里の区域だ。洞を出てすぐに広場に突きあたった。鶏が四羽、ぐるぐると回って餌をついばんでいる。鶏が届かない台の上には、莢から出した豆が干してある。庇に張った縄には根菜がならべて干してある。

半円の広場を囲んで人家や家畜小屋がならぶ景色だ。広場の中心に立って見渡す。どこにも人の気配はない。耳をそばだてる。里を囲む山の静寂に六は包まれていた。

川だ、おんな衆だ。人家の間を抜けて、川に向かった。

足裏から強い衝撃。

地の底がうねった。天を裂く轟きに思わず、跪いた。


あっという間のできごとに逃げる余裕などなく、女房、娘、年寄りとたくさんのおんなが流され、行方知れずになった。母を流された子ども。子どもを流された母。妻を流された夫。生き残ったものは、行方知れずの家族を思い、悼み、そして悲しんだ。

長が六に言った。

「おじじに訊いたって？　バカ言うな」

「でも――」

わかってもらえないのだ。

「何人の女が流されたと思う」

長でさえも吾が森の精霊と通じ合えることを信じない。六はただ泣いた。

「泣くのはおまえじゃない。家族を亡くしたものが泣くんだ」

「どうすればいいんですか、死ねばいいんですね。死にますよ」

長の手が六の頬で鳴った。

「ぬかすんじゃねえ。奴卑並がっ。勝手に死ねるわけねえだろ。死なせてたまるか」

長の手が六の顔を殴った。

「おまえは物部の祖、饒速日命がつくった掟を破ったんだ。木戸を壊し、穢れを里に持ち込んだ」

「それが川あばれの原因と」

「おまえは黒三ツ星の魔物、物の怪だ。そんなおまえに、あのぼろ屋をこれだけの作事小屋にしたおまえに期待していたんだ。おれはたわけだ。大たわけだ。くそ、わかるか、物の怪」

二発、三発、六は殴られるままにしていた。口の中に血の味が広がる。痛みなんか感じなかった。こんなに苦しんでいる人になにを言えばいいのか。ことばや暴力と反対に、長から慰撫されているようだった。

「饒速日命の滾りに滾った怒りだ。吾の妻も娘も流された」

「長、教えてください。死んじゃいけない。いったい吾はどうすればいいんです」

「わからん。里のみながおまえを殺せという。おれもそうだ」

長が目をそらせる。

「だが昨夜、娘が夢にあらわれた」

長はうなだれていた。がっくりと肩を落とし、簀の子に座りこんだ。

「夢のなかの娘はまぶしくきらきら輝く七色の光の川にすくっと立っていた。まるで地に這う虹のような川だ。おまえを責めるなと。里の者の手でお前を殺めることはならぬそうだ。人から里の霊能者と呼ばれ、多少だがあれはサキヨミの力があるおんなだ」

長の目が湿っていく。六も胸に熱いものがあがってきてどうしようもない。

「おまえを殺してはならぬ理由はわからぬ、が娘の口を借りた饒速日命のことばだと思う。里の者が殺しに来る前に逃げろ、こんどだけは逃げこめ」


その足で森に駆け込んだ。

おじじに背をもたせかけて座る。

「おじじよ、吾はどうすればいい」

涙がとめどなく流れた。泣くだけ泣きうねりと熱が鎮まった。

「穢れの三ツ疣ほくろが里の聖域に踏み込んだ罰が、あの川あばれなのか」

堂々巡りの自問自答。

ほくろの祟り……。

額のほくろに、おそるおそる触れた。――わずかなでっぱりの違和感。右手人差し指で撫でた。指先に忌々しさが伝わる。穢れだろうとこれが自分なのだ。こんどは左手の薬指を使う。長に殴られて腫れた顔をなでるよりも優しい指使いだった。三本の指ででっぱりを軽く圧す。

かかさまがいずこかに消えた日。

間止利の長とはじめて話した日がよみがえった。長は五歳の自分に厄介のたねになる、と説いたのだ。身に覚えのない罪悪感をどうぬぐい去ればいい。

「おじじ、つぶれそうだ。教えてくれ。吾は祟りの子か。呪いのものか」

森はただ鎮まりかえっていた。幹に耳を押しつけても今夜は樹液の流れる音が聞こえるだけで、森の精霊からの応えはなかった。

無意識のうちに手がたどったのは、腰紐に差した長鑿だった。ももを助けた日から、肌身はなさず持ち歩いている。

抜いた。

砥石の前でやる儀式のように、刃をためつように見る。雲の割れ目から出た月が鑿を照らした。月光が刃先を輝かせる。切れ味はとびきりだ。

六は三ツ星の頂点の疣ほくろに、そっと刃をあてた。黒鉄の冷たさがここちよい。疣に鑿の刃角を立てるようにした。

「かかさま」

ゆっくりと力をかけ、えぐっていく。血が垂れて視界をふさいだ。三つの疣ほくろをとり終えたとき、顔面血まみれだった。

六は広くて青い海の上にいた。

揺れている。ゆっくりと揺れている。

赤子の自分は舟の上で顔なしおんなの胸に抱かれていた。波はおだやかで陽があたり、風もこちよかった。舟は波の上をただよっているだけで、どこへいくということもない。顔なしおんなから甘い乳の匂いがする。汐の匂いとひとつになる。顔なしおんなは六の腰を両手で持つと、ぐいっと天にあげた。そして六を海に向かって放り投げた。水音が立って六は頭から入水する。もぐっていく。小さな六が底に向かって沈んでいく。陽がとどかない暗い海のなかをどこまでもどこまでも沈んでいく。六、——六。だれかが呼んでいる。かかさまの声ではない。深く、深く、沈んでいく。

「六、六——」

聞いたことがある声、

「バカなことしやがって、不憫なやつだ」

突如、六は目覚めた。額をなでる手に気づく。間止利の手は過日殴った六の頬を滑べる。

「こんなバカなことを」

「長、——長さま、吾は——」

「いい、言わぬでいい。まだ熱が高い。ここで寝ていろ。水と食いものをな」

長は竹筒の水を飲ませた。


六は森で暮らした。

森人となり、二度と里には近づかなかった。

一月もすると額の抉り取った跡に肉芽が生えてきた。六は驚きも慌てもしなかった。なにがあってもほくろと生きていくと自分に誓った。

森のひとり暮らしでも食物に不自由はない。山いちごやあけびなど木の実がふんだんにあり、木の皮や蔓も竹もあった。鑿ひとつでなんでもつくることができた。竹で棹をつくり川の魚を捕《と》獲った。弓矢で山ねずみを獲った。樫で火熾しもつくったから魚や肉を葉に包んで焼いた。丸太も削り素振りをした。木の室は住まいで雨風をふせげる。寒ければ獣を抱いていればいい。

そうしているうちに月日が経ち、ある日突然、間止利一族が里から消えていた。置き捨てられた老奴卑は、全員が蘇我との戦に出兵したという。

ももも去った。

その日の夕暮れ。六は空耳で歌を聞いた。

森で思いをはせる相手はももだった。息がかかるほど近くにいたももも。かかさまと同じ匂いがした。もものことを考えるたびに、胸が焼けるようで、苦しくなるのだ。どうしようもない、どうにもできない、ももの呪縛から逃れるように、森を走り、喚き、素振りをくり返すのだった。

其の六

ぞろり、とした。

異様な気を覚えて、六はおじじの根本で目覚めた。

殺気――。

月の色に覚えた不吉の正体はこれか。

風にのってくるのは、人臭さだ。身を起こし、隙をみせずに移動する。

全速力で走った。闇の森をである。六にとっては慣れていることだが、信じられないことに追手も走った。何者か――。自分よりも森を知る者などいるわけがない。

木の洞《うろ》に飛び込む。道具の収納庫だ。迷わず鉞を掴んだ。

三尺の樫の柄にずしりとした鉞がつく。剣と交えることができる。素振りの成果で鉞は自分の腕のようになっていた。

武器を手に洞から、不用意に一歩出たときだった。

「オリャア！」

黒い塊。

身をかわし、寸前で避ける。石雁の鑿とは比べものにならぬ疾さ――、使い手だ。

立ちあがり、巨木を背に鉞を構える。心の臓が早鐘を打つ。

「命のやりとりは呼吸だ」長の声がよみがえる。ことさらゆっくりと呼吸をして身構え、気配をさぐる。敵の気配がない。闇に目をこらして探る。黒い翳りが浮かんできた。木に隠れてこちらを窺っている。闇目が利くのか。敵がすり足で横に回った。背後から来るか。六もすり足で回り込み時機をうかがう、

「エヤーッ」翳りが跳んだ。

六も地を蹴った。

降りかかる剣。鉞を引き上げてあわせる。金属がぶつかり合う音。手に衝撃。敵の着地を狙い

澄まして、鉞を円を描くように払った。翳りがわずかな動きでかわした。

「ハハハ、やるな。六」

「なぜおれの名を」

「トコヨから聞いた」

「なぜ、かかさまがおれをねらう」

「ちがうぞ。おまえの腕を試しただけじゃ。もう充分だ。やめだ、やめ」

敵が構えを解き、剣を引く、殺気が抜けていく。六も緊張を解いた。無防備に寄ってくるのは、獣の毛皮を纏った小男だった。これだけの闘いをして、息を切らせていない。

「物部の間者。名は弓削小角《ゆげのおづね》。吾もトコヨも六も同じ物部一族じゃ。六よ、おまえのかかさまは息災でおるぞ」

剣を杖にして立ち、ひげをごりごり擦り笑う。親しみのある笑顔だった。六の記憶にある他人の顔は蔑みの目か、不機嫌な仏頂面か怒りの鬼顔だけだ。小角の笑顔に、かかさまの懐に入ったような温かみを覚えた。

「なぜ試しなどする。死にたいか」

「たいした自信だ」

ふうん、と鼻をならし剣を収めた。

「なぜ試したか。おまえはこの小角といっしょに、物部の証をたてる。だから試した」

「よく笑うやつだ。なにがおかしい」

「人はうれしいと笑う。おまえに会えた。おまえはトコヨが言う以上の男だったから、おれはうれしかった。ほんとうにうれしいんだ。だから笑う。わかるか、人はうれしいと笑うんだ」

そして、笑った。森じゅうに響く大笑いだ。

「笑うと気持ちが愉しくなるぞ」

「おれは笑わない。うれしくない。愉しくない」

「笑わしてやる。今までのぶんまで笑わしてやるぞ。物部の証をたてることでうれしいと思わせる。愉しませてやるよ」

「物部——証だと、知らん、おれには関係ない」

「いいから聞くのだっ」

物部と蘇我の長きに亘る因縁と総力を挙げての戦と結末を聞かされた。八万の神と仏教の戦いというのもなにもかも初耳だった。里を出て戦に加勢した間止利一族も残らず物部は全滅したと聞いても、戸惑うだけだった。

「おまえの父の一族も滅んだ。おまえにはもう帰るところはない。根絶やしされた物部の生き残りとして生きるのだ」

「嫌だ、断る。物部なんて知らん。おれはひとりだ」

「おまえは吾と蘇我馬子を殺す。蘇我を斃《たお》す。物部の叡智である八百万の神を仏教から守るのだ」

小角が六に被いかぶさるように抱きついた。

「なにをする。よせ、はなせ」

「人の温かさだ。味方の温もりだ。かかさまの温かさだ。物部の血だ」

小角の厚い胸から逃れようとしていた力が弱まっていた。心が安らぐのだ。

小角が六の耳元で囁いた。

「六よ、今までのおまえをおれはたった今、殺した。そして、今、この瞬間に生まれかわった。ただ今から、六明《ろくみん》だ。武の兵《つわもの》、弓削六明《ゆげろくみん》だ」

六の手から、鉞が落ちた。

小角。生まれてはじめてできた仲間だった。

このとき、六明十四歳。

森は眠りから、やっと目覚めようとしていた。


糸のような雨の中を歩きつづけている。

また森に分け入った。暗い、雨のせいだ、小鳥の声もない。枝や葉からしずくがしたたり、足元はぬかるみ、すべりやすい。

小角の脚は森、岩場、山道でも獣のように速い。それにぴったりとつく六明に小角は驚いたようだ。森の暮らしが修行になったのだと小角は言った。

明日にはヤマトという都に着く。

自分がいた間止利の里はアオカミ島だと小角が教えた。海につき出た半島だった。舟から振返って見た夕焼けに浮かんだ島は黒猫に見えた。丸めた背の裏が間止利の里だという。六明は自分がどこにいるかなど考えたこともなかった。小角はいろいろな話を聞かせた。それがほんとうのことかわからない。前に長が「都には人を拐かして売り飛ばす悪ものがいる。人を知らぬおまえは狙われやすい。気をつけろ。目が笑っていないやつは、おまえに厄災をもたらす」そう言って肩をどやした。自分が話した人間はかかさまと長、そしてこの小角だけだ。小角の目は笑っていた。そんなことを考えながら、六明は小角の背を追っている。足が弱いわけではない。それでも先を行く小角と距離をおいて歩くのは小角を丸々信用していないからだ。小角は島で掘った黒く輝く燃える石を山のように背負っていた。燃える石は都に運べば宝に代わるのだ。欲深男だ、六明は小角をそう見ていた。

若干、雨が勢いづいた。

「そこの洞が今宵の砦だ。ちょうどよかろう。雨が強くなる」

ぶっきらぼうだが、小角のことばには心がこもっている。

六明は小角に続いて、腰をかがめて洞に入った。洞は両腕を伸ばしたほどの幅だ。足下の土はかすかに湿っている。側面は柔らかくもろい岩だ。山にできた裂け目がこの洞なのか。人が石鑿で掘ったものではない。闇がどこまでも伸びる深い洞だ。闇目が利く六明にも先が見通せない。毛も落ちていない。獣の臭いもない、獣の巣ではない。

「足跡がないぞ。こんなに居心地がいい洞。主がいないことがふしぎだ。まあ、よいわ。饒速日命の御恵みよ。六明、座れ」

背の荷を下ろして、小角が洞の奥を背にしてあぐらをかいた。

「と言っても、もはや物部一族で生きている男はわれらふたりか」

六明は入り口を背にして小角と向かいあう。これでお互いが異変に気づきやすい。小角から教わった相方がいるときの警護の形だ。物部の陣だという。

「腹減ったろ。手を出せ」

小角が竹筒から細かい粒々を六明の手にのせた。

「これは」

「干飯《ほしい》だ」

「干飯？」

「米だ。飯を天日に干した」

「米、――、米、これが……。米かあ」

手のひらの粒を見つめ、指で感触を確かめる。胸がいっぱいになった。里では祭のときだけ長が食していた。もちろん奴卑や六には回ってくるわけもない。

「おまえ、米を見て泣いているのか」

小角の腕が六明の背中にまわった。肉の厚い手が、筋肉質の背をなでまわす。

「見ているだけでは腹は膨れんぞ」

むさぼる。くちゃくちゃ音をさせて食った。噛むと木の実のように甘くなる。

「どうじゃ」

「そうか、これが米かあ」


やさしいものに包まる温もりのなかで、六明はかかさまの夢から目覚めた。夢のなかでかかさまは瓶に水を張った鏡で、明日の吉凶を見ていた。六明が小さかった頃によく見た姿だった。水鏡でまじないをしたり、長の抱える問題に答えを出していた。

「かかさま」

目覚めると小柄な小角が六明にしがみつくようにして眠っている。小角はこうして自分を温めていてくれたのだ。そう思うと胸が苦しくなった。いとしさともちがう、が初めて経験する感情がこみあげてきた。頭が混乱していた。視界がぼやけている。

小角――。

つぶやいてみた。なぜか目頭が熱くなった。

六明が他人の名をかみしめるのは、奴卑のもも以来のことだった。

外は雨があがっていた。

小角を起こさぬように注意をして腕をほどき、からだをはがした。

森は雨によって汚れを洗い流されたように新鮮でみずみずしく輝いていた。

小鳥たちのさえずりが降りかかる。緑の葉をいっぱいに広げる木々を眺めながら用を足した。すがすがしい空気をいっぱい吸って、洞に入り奥へと戻りかけた時だ。

わずかな響き……小鳥のさえずりが一斉に止んだ。

耳に意識を集中する。洞のはるか奥からなにかが近づいてくる。わからないがとても大きなものが近づいてくる。まちがいない。なにかがくる。

「小角、小角、起きろ」

小角が飛び起きた。

「どうした」

「聞こえぬか」

小角が奥の闇に耳をすます。

「でかい、すっごくでかいやつだ」

「大蛇か。この小角が料理してやるわい」

「大地が怒っているような。小角、ここは」

そのとき、六明ははっきりと聞いた。獣のうなり声に似ている。速さが増している。すぐにやってくる。獣ではない。どこかで聞いた音だ。音ではない。響きだ。響きではない。轟だ。どこで、いつだ。

水だっ！

里を襲った暴れ水だ。

「なんだあ」

どどっという轟が小角の耳に入ったのだ。

「逃げるぞ」

六明は小角の腕をつかむと入り口へ駆け出した。背後から夥《おびただ》しい量の水が襲い掛かる。足を取られながら必死だった。丈の低い小角が水に背中を叩きつけられて、すっ転ぶ。つられて六明もつんのめる。洞から出て、流れの線からはなれればいいのだ。頭ではわかっているのだが、水の勢いで体がついていかない。六明は小角を抱きかかえるところごろと転がった。転がって流れから脱出した。

「くそっ、燃える石も干飯もなくした」

「生きている」

「そうだな。あの洞、獣が根城にせぬはずだ」

「都は近いか」

「ああ、じきだ」

小角が歩き出した。六明がその横についた。人とならんで歩く、はじめてのことだった。

其の七

物部が神、蘇我が仏、神と仏をめぐる争いがかってない大戦《おおいくさ》に発展した結果、蘇我が勝利し、物部一族は壊滅した。さらに大臣蘇我馬子によって根絶しにされたのだ。

大連物部守屋が斃れて以来、大連制度と役職は廃止され、大臣のひとり舞台になっていた。蘇我馬子は物部から奪った品々を納める高床倉を数棟建てた。倉はどれも高い柵をめぐらし門を設けてあった。どの倉も東漢兵が昼夜長い槍を手にして厳重な警護にあたっていた。兵は一歩でも近づくものは容赦せず殺せと命令されている。だが天下の蘇我に弓を向けるものなどいるはずもなく、警護する兵の緊張も緩んでいる。六明は小角からそういったことをたたき込まれた。

中秋節が過ぎると秋風は日増しに冷たくなって、あっという間に冬の訪れである。

六明にははじめての倉破りである。戸惑い、疑いはなくもない。都で生きる術を持たぬ六明は小角に従うしかなかった。むしろ小角から誉められたい一心で手伝いができることが喜びであった。

月がなく、じっとしていても地から冷気が食いつく日で、水に浸かっていると血流まで凍る夜更けだ。身を隠している舟は舫ってあり、葦の岸辺を漂うだけで流されることはない。

大倉の建物を背にして、かがり火の炎が闇を赤く切り裂いている。いきなり強い風が川面をまわった。かがり火の炎が大きく揺れて、爆ぜる。風に乗って話し声が聞こえる。

「く、くしょん。——チェッ、年寄りにはことさら冷えるぜ」

四十半ばの男が手をこすり合わせ、炎にかざした。

「火がいちばんの御馳走ですよ」

まだ子どもの面影を残す相方が同じように手をかざす。親子ほど年の離れたふたりが警護についているのだ。

「浪速では雪虫が出たとさ。冬はいやだね」

小角が動いたのか。舳先の方で水音がした。

「なんだ、あの音は」

「野鯉だ。よく跳ねるんだ。見に行くまでもない」

色めき立つ若者を年寄りが抑えた。

寒さが一段と募る水辺では、警護兵も火から離れづらくすべてが億劫になっている。そこが小角の狙いだった。船尾を少したたいて、舳側に隠れている小角へ合図を送る。ふたり息を合わせ、警護の兵からは波の仕業と見えるように舟をゆっくりと桟橋へと向かわせる。

六明が倉破りを手伝う決心をしたのは、小角から強い要請があっただけではない。小角から聞いた蘇我の大大将、厩戸皇子《うまやどのおうじ》への報復になると思ったからだ。それに小角が語る物部の巫女頭トキヨミの婆に惹かれたのだ。

奇妙な話だった。

このときはじめて耳にした厩戸皇子という名に、なぜか運命的な重いものを感じたのだ。

小角は矢を射られ息をひきとる寸前の物部守屋から、トキヨミの婆への言伝を預かっていた。地獄の戦場から逃げ出した小角は、都の辻という辻で腐っていく物部兵の亡骸をよけながら、ひたすら婆を探した。どこの辻にも見せしめとして物部兵の亡骸は放置されていたのだ。小角が探し回っても婆を見つけることができなかった。蛆がわき、ひどいにおいを発する亡骸は野犬に喰い散らされ、死鳥につっつかれる。仲間の無残な姿を見ても、小角にはなにもしてやれなかった。できなかったのだ。なにかをすれば物部の縁者ということが露見し、蘇我に捕えられ、守屋の言伝を婆に通せなくなるからだ。そして、小角が諦めかけたある日の夜明け、婆のほうから現れたという。厩戸皇子が小角にかけた呪術を婆に聞かせた。敵陣に潜んだが物部間者という正体を見破られ捉られた小角は厩戸の掌に載った小さな瑪瑙《めのう》を見つめているうちに、石のなかに吸い込まれてしまったという。石にされた小角は戦いの場をごろごろ転がり、矢玉の的となって倒れ、剣で首をはねられ血しぶきをとばす物部将兵を見せられた。悲鳴と絶叫を聞かされた。悪夢の如き惨劇を目撃したと婆に打ち明けた。厩戸の力は先刻承知と、婆は倦みつかれた小角の頬に枯れ枝のような掌をあてねぎらった。

「死んだ者はようけおる。今は生き残るものこそが大事。生き残るものがいなかったら、死んだ者が浮かばれぬ。ひとたび死んだと思った命、捨て身で生きよ。生き地獄の中で物部の証をたててそれを誇れ。それが生き残ったものの責じゃ」

「捨て身で生きるということは、蘇我を殺すことか」

「愚かよのう、小角。支配者は弱者を忘れる。記憶に残るのは自分を脅かすものだけ。命を狙うと脅し続ければ、蘇我の胸から物部が失せることはあるまい」

「物部の名を大臣の胸に刻みつけようぞ」

最後に小角は守屋の言伝を婆に通した。赤子に屈したのかという問いかけだが、婆は首をこっくりとさせ幼女のような笑顔でうなずいた。赤子とはだれかを聞いても、知らぬ方がよいと婆は小角に最後まで教えなかったという。小角はその赤子の正体を知ることが物部の証をたてることに、つながると信じたのだ。蘇我の鼻をあかすこと。見失っていた生きる意義を見つけたという。六明もなにゆえか赤子の正体に関心を覚えた。


日をまたぐこの時刻から夜明けまでが、警護が手薄になることは調べてあった。

足踏みで無駄話をつづけるふたりに動きがあった。

「おっと、降り出したぜ」

ひらひらと舞う雪だった。見る間に本降りへかわり、闇の中ふわふわと白い蝶のように降ってくる。水にかくれる六明のからだは凍りそうだ。小角に限界の合図を送る。

「足元が悪くなる前に、ひとまわりしてくる」

若い方が火のまえから立ち去った。このときを待っていた小角が護岸に身を乗り出した。六は濡れた手に息を吹きかけ温めた。かじかんだ手に血の流れが戻り指の動きが滑らかになる。音に注意して石を積んだ護岸をよじ登る。滑って音を立てた。気づいた兵がこちらを見たそのときだった。小角が射った矢が空気を裂いて、だらしなく立っている男の喉首を貫いた。


半刻後、静かに小雪が降りしきるなか、一艘の小舟が流れに逆らって滑っていた。絹布や玉、土器などを満載にした小舟。櫂をこぐ小角の背後では倉が炎上していた。

荒らした後には、物部の御徴五芒星と弓削小角と六明の名を遺した。


「懐ができたから旅に出るぞ」

物部の叡智を後世に遺し、伝えるための旅だった。近江、美濃、尾張と行く先々で、神の社を荒らす蘇我兵を倒して伊勢に入った。戦に勝った馬子は各地で神の象徴である社を取り壊していたのだ。

五十鈴川という水かさのすくない川を渡る。深い森独特の湿った重い気が立ちこめて、神の領域らしい神聖さを感じさせた。


「小屋が見えるか」

森の懐に抱かれるようにして、粗末な小屋が三軒並んでいた。

「央の小屋に天照坐皇大御神が祀られている。しかしほんとうの神宮の意味はいちばん奥の小屋にある。あの小屋には長脛彦命の祟りを封じ込めてある」

小角が六明に教えたのは、こういう話だった。

今から遡ること四百年前、現在の朝廷が南の地から大和を侵略した。そのとき大和の地一帯を支配していたのが長脛彦命大王《ながすねひこのおおきみ》だった。両者は大和という肥沃な土地をめぐって戦闘をくりかえした。やがて先住していた軍が破れ壊滅した。勝利した現朝廷は先住者が大和の地で祀っていた神々（古神道）が邪魔だった。自分たちには関係がないとはいえ神々だ。疎かに扱えば祟りがある、がしかし邪魔なものは邪魔だ。

都から遠く離すことを考え、近江、美濃、尾張と各地を転々とさせたが、垂仁天皇の代で伊勢に社《やしろ》を造り、長脛彦命一族が祀っていた神々を深い森に閉じ込めた。同時に祟りを畏れ、鎮め役、見張り役に自分たちが信仰する天照坐皇大御神を隣に祀った。

これが伊勢の神宮だ。

古来の頃から神の祟りを鎮めるには、生娘の生け贄を必要とした。神宮での生け贄に捧げられたのが、垂仁天皇の娘倭姫《やまとひめ》であった。以来、神宮の生け贄役の斎王には未婚の生娘が選ばれている。それも物部系の天皇の皇女が選ばれ、付き従う斎宮が物部の未婚の娘という慣わしだった。

万物にはそれぞれの神が宿っていると考え、八百万の神を敬い畏れるのが物部の叡智であり現天皇家もそれを引き継いでいた。一方、仏の道は釈迦というひとりの男の教えに基づいて考え、行動するものだという。先の物部と蘇我の戦は二つの考えのぶつかり合いから起きたものだった。蘇我が勝った結果、物部の叡智である八百万の神を祀る伊勢の神宮は破壊される。今、神宮は蘇我の兵に乗っ取られている。遅かれ早かれ大臣蘇我馬子の命令によって神宮は破壊される。時の問題だ。それを阻むために小角とふたりで蘇我の兵と闘うのだという。小角が説く物部の証とは、そういうことらしい。

「敵はざっと百五十人。我らふたり正面から闘えば必ず負ける」

そこでのとっておきの策は、闘わずに勝つことだと笑った。

「実は間止利の里で――」

六明は背中に描いた饒速日命の御徴五芒星を月光に浮きあがらせて、石雁たちを追い払ったことを語った。小角はさんざん笑ったあとで、使えると手を打った、がそれからが大変だった。

『その朝』は間近だ。日数《ひかず》がない。急ぐぞ」

途中で小角は娘らしい衣装と商人が背負う葛籠《つづら》を手に入れた。

「六明は髭がないからまっこと好都合じゃ」と娘衣装を六明のからだにあてて満足そうだ。

「よいか。百五十の兵の心に遺る恐怖を煽るのだ。敵は蘇我といっても昨日、今日から許された仏の教えに真髄しているわけではあるまい。むしろ八百万神信仰が骨の髄に懲り固まっている。全身に祟りの恐ろしさが沁みこんでいる」

小角は特上の策だ、と鼻を脹らませた。小角がいうようなことが起こる朝が来るなら、それほど都合のよいことはない。

急ぎに急いだから、伊勢には小角が言う『その朝』の前々夜に到着した。到着してすぐに六明は物部の生き残り娘を騙って斎宮の布都媛《ふつひめ》をたずねた。

一方の小角は商人を装って蘇我兵に近づいた。


『その朝』が明けた。

小角がトキヨミ婆から教えられた日の朝だ。

夜明け前のほの暗さのなかで、神宮の朝の儀式が始まっていた。茂みの青葉に夜露が滴の玉となって残る時刻である。

天照坐皇大御神を祀った小屋と長脛彦命の祟りを封じ込めた小屋の間に、萱でつくった大きな輪が立っている。今、白上着に朱袴姿の斎王、斎宮が輪をくぐる。斎宮は物部守屋の末妹の布都媛である。朝、夕に神宮に坐す娘全員がこの輪をくぐることで長脛彦の祟りを鎮めているのだという。輪くぐりの娘たちがつくる列の最後にいるのが六明だった。六明は陽が昇ることをひたすら願っていた。陽が現れてくれることが肝心なのだ。

六明も他の娘と同じ白上着と朱袴をつけている。斎王、斎宮をお世話する女たちは十三人だが、今は十四人になっている。早起きしてきた蘇我兵が輪くぐりを遠巻きにして見ている。六明が身をかがめくぐり抜けて朝の儀式は終わった。その間、だれひとりも長脛彦命の祟りを封じ込めた小屋に視線をやるものはない。

ふだんはそれで終わるのだったが、今朝は斎王、斎宮を中心に娘たちが五十鈴川に向かって横一列に広がった。最右翼に六明もならぶ。

目を閉じ、静止する。ゆっくりと鼻から息を吸い、さらにゆっくり口から吐き出す。その呼吸をくり返す。全人の息がひとつにかさなる。六明の頭がすーっと冷たくなっていく。

静謐だ。

夜明けというのに小鳥のさえずりもない。神宮から森に向けて強い気が放射されているのだ。娘たちが銅鈴をふりながら、声を合わせて唱えはじめた。不思議な音階にのせた奇妙なことばの繰り返しである。

「ふるべゆらゆらとふるべ」

「ふるべゆらゆらとふるべ」

「ふるべゆらゆらとふるべ」

ふるべと唱えながら頭のたかさに掲げた鈴をふりならす。唱えの声は徐々に高まっていく。休んでいた森から蘇我兵がばらばら飛び出してくる。小角が蘇我兵に近づいて、この神宮は長脛彦の祟りを封じ込めているのだということを広めていた。

娘たちの唱にあわせるように、東の空がわずかだが白みはじめた。やがて明るみ黄色みがかった朝日が顔を見せた。陽はどんどん昇ってくる。娘たちが、半回転して森に向く。足並みをそろえてゆっくりと歩き出す。

木々の枝をふるわせる風が起こった。南からの風は、不思議に冷たい。

「ふるべゆらゆらとふるべ」が森の奥でこだまして戻ってくる。

そのときだった。

昇りだしたはずの陽の輪郭が細い線をなぞったように黒くなった。翳が中心へと日輪を蝕みつづけ、徐々に暗くなる。そのなかで娘たちの歌声だけがかわりなくつづく。

「ふるべゆらゆらとふるべ」

「ふるべゆらゆらとふるべ」

娘たちの唱和と鈴の音が一段と響き渡る。風が強さを増し、足元の落ち葉を舞わせる。森の木々の梢を揺する。ひやりとした気が森の奥から寄せてくる。

翳が日輪を蝕みつくすのも時間の問題だ。森も薄闇に溶けていくようで、奇跡に立ち会う蘇我兵たちの恐怖が極限に達している。

蘇我兵らが固唾をのんで見守る森の奥から、近づく影がある。薄闇に浮かぶ白い影。影は娘たちの唱和にあわせふわふわ動き、大きくなる。

「ふるべゆらゆらとふるべ」

影もこの世の者とは思えぬような不気味な声で唱和していた。

「祟りだあ」

我慢も限界に達した兵が叫ぶ。その一声で堰が切れた如く、恐怖の叫びで騒然となる。

「長脛彦命の祟りじゃあ、怒りじゃあ」

蘇我兵、百五十人が我先にと五十鈴川を渡って、こけつまろびつ逃げていく。

森の奥から姿を現した翳が、六明の肩を叩いた。

「祟りの森だ。二度と神宮には近づけんだろう」

小角が高らかに笑った。

日輪が一時だけ燃え尽き溶ける奇跡、日蝕がおきた朝だった。

其の八

崇峻二（589）年一月。

冬のなごりの薄い陽が、ほころびはじめた梅のつぼみを温めている。労役たちが汗ばむ昼下がりの寺の作事現場だった。

この寺が完成すれば、倭国最初の本格伽藍になる。本格伽藍というのは天にそびえる塔、金堂、講堂の三つの建物が備わっているものだ。

常時五〇〇人からの労役が働きづめで三年、ようやく南門から東西につづいている回廊が三分がた形をなしていた。

六明は小角に隠れてこの場になんども足を運んでいた。耳をそばだて目を皿にして見聞きしたこともあり、六明なりに寺の普請というものが少しだけわかっていた。

回廊は両側に一間間隔で差し渡し半尺の柱が立ち、幅一間半の屋根を支えている。片壁しかない気が遠くなるほど長い家が回廊だ。切り妻屋根の真ん中の高いところは一丈三尺になった。床の三和土は粘土と石粉をまぜた漆喰三和土だ。六明の目の前で固めの労役がぱんぱん音をさせて叩いている。

南門から奥に見えるのが金堂普請だ。

金堂は柱と屋根の斜めの骨組（垂木）、肘木と梁の木組みが見渡せた。複雑な木組は完成したときの壮厳さを想像させた。建物の骨組の周りを巨大な足場が取り囲んでいる。労役が足場の坂を重い荷を背負い登っていく。

普請では大別して、四つの担当があった。

設計施工管理をするのは、百済から来ている寺博士のコンゴウ衆だ。糸を垂らしたり、縄を張ったりして建物がまっすぐに建っているか、柱間の幅は均一かなどを調べている。コンゴウ衆を助けるのが、木匠《きたくみ》だ。蘇我が抱える屋形工で豪族の大きな屋敷を造ってきた集団だ。木匠は数組にわかれて、組頭ごとに普請の持ち分があり、それぞれの作業を工人や労役を使ってこなすのだ。

六明は好奇心を抑えきれずに野次馬の群れからはなれ、目立たぬように回廊の外側に沿って歩いた。

警護が手薄なところから、侵入し、なにげない風を装い金堂へと進んだ。作事場ごとの進み具合に差があるため、勘のいい六明の頭の中では普請の手順がおもしろいようにつながっていく。

寺作事に目が肥えてきたのだ。

材をはつる斧の音。

材に孔を穿る鑿の音。

石を裂く鉄杵の音。

匠人の発する音は、各々調子があって響きよく気持ちを躍らせる。鉋くずが花びらのように踊る様は心が華やぐ。六明は知らぬ間に音に合わせて体をゆすっていた。無意識のうちに木組たちの斧の使い方を真似て手を動かしていた。工人たちが使うのは六明が見たこともない道具だ。見ているだけで遣い勝手の良さに舌を巻く道具は工人の手のようだ。なかんずく六明が刮目したのは槍鉋だ。手槍の両端を握り、鋭い刃を材の上に滑らせると草の若葉のように薄い鉋くずをだして、表面を滑々にする。里での毎日の薪木割で覚えてしまった鉞上手である。鉈や斧を使えば丸材から、板を削りだすこともできそうだった。

この場に六明を案内した小角は完成した際には火を放つと目を輝かせていた。それが物部の証なら、証とはなんと無意味でつまらぬものかと六明は思ったのだった。


小角の帰りがおそい。

日が傾いた。

早い風も出てきた。

小角のことだ。蘇我兵に捕われるしくじりはあるまいが、六明には気がかりだった。

ひとりで待っているのが心細いのだ。

なぜだ。

里ではいつもひとりだった。話しあいては老樹のおじじや山の動物たちだった。むしろ自分以外の人間といっしょにいると、息苦しかったものだ。相方がいるというのはこういうことなのだろうか。どうしていいかわからぬ気持ちの騒ぎは、はじめての心もちだった。じっとしていられなくなり立ち上がって、狭い隠れ家を歩き回った。

梢を騒がす風の音に間止利の里での暮らしを思い出す。

おじじは変わらぬか。森の動物たちは息災でいるか。長は――、

「もも――」

ももはいずこに――。大和におるか。ももを思うと呼吸が早まるのはなぜだ。ももを思うことが、やましいのか。ドキドキしていた。そして思いを小角に戻した。

都にきてからは小角と物部の証のため夜襲をかけてきた。元来、六明は他人と争うことを好まぬ気質だ。倉を襲い敵の兵士を倒し続けることに意味があるのか。東漢《やまとあや》の兵との闘いで、身体の傷も増えている。傷痕など頓着せぬが、人を傷つけるたびに心が渇く。倉破りや敵と斬り合うたびに、あるべき自分ではないようでおぼつかないのだ。小角が本腰を入れて取り組むほど、六明は虚しかった。

徒労感。

なぜ小角は徒労をおぼえぬ。物部の間者で守屋に近かったから、とうなずけなくはない。だが吾は――自分は心変わりをしているのだ。

六明は自分の心の変わりように驚いていた。

石の里に戻りたいという一心だったのが、今の自分は飛鳥の寺づくりに関わりたいのだ。

希望だ。余計者が抱いてはいけないものだ。

希望は抱いたとたんに、絶望へとかわる。

分不相応だし、自分を里から連れ出し、相方にした小角には恩がある。物部への恩であり、敵方蘇我の寺づくりに関わることは、小角への裏切りになるのだ。誰からも邪険にされていた自分を抱き寄せてくれたのが小角だ。

なぜか長から砥ぎの手ほどきを受けた日の光景が浮かんだ。筋がいいとほめられた。細工した台をあつらえ、鉞を巧みに砥ぐことができた。あれを見た長は目を細めていた。あの晩はうれしくて眠れなかった。鑿、鉞、鉈でいろいろなものをつくった。すべてに自分なりに工夫をこらした。それはものをつくる楽しさだ。自分の手で空を突き刺すようにそびえる塔をつくる。想像するだけでじっとしていられないほど気持ちがたかまるのだ。

寺をつくる。

人を傷つけ、倉を破壊し燃やす。

まるでちがうことで、自分が悩んでいる。

「どうした、なにを考えている」

いつの間に……。

「なにも」

六明は目をそらせた。

「おれはおまえが生まれる前から、物部の間者をやっているんだ。六明、物部一の間者、弓削小角が人心の洞察もかなわぬ抜け作と思うか」

不安と恐れが行ったり、来たりしていた。

「考えなどなにもないといえばない」

「六明、心にもないことというのはつらいだろ」

里で自分が置かれていた立場はいやというほどわかっている六明だった。引き上げてくれたのが小角だ。望みなど軽々しくいえるはずがない。

「お前、おれに隠れて今日、どこに行っていた」

「それは」

「毎日、どこをほっつき歩いている」

「すまぬ」

「言えないのか」

「すまぬ」

「おまえが言わぬなら、言ってやろう」

緊張で唾がなくなった。

「飛鳥の寺作事場に通っている」

がっくりと頭を垂れた。小角はすべてお見通しだった。

「おれが連れて行ったとき、お前は目を輝かせていた。めったなことでは輝かすことがないおまえがだ。昏い目のおまえだ。おまえにはわからないだろうが、うれしかったんだ、おれは。おまえは望みをもっていいいんだよ。我慢ばっかりしてきたんだから」

いいわけない。許されるはずがない。

「許してくれ、もう二度と行かぬ。小角、吾ら、相方だろ」

「おまえはおれが見込んだ以上だった」

小角は笑みをこめた視線をからめてくる。

「顔をみりゃわかる。望みを捨てたお前はいずれおれを恨むようになる」

「嘘だ、おれはおまえの相方だ」

「蘇我兵にとどめを刺せぬお前が相方だ」

「殺る！　次は何人でもブッ殺すっ！」

「次はないんだよ」

「小角……」

「おのれから火宅まで背負うか」

空気が引き締まった。

「おれはおまえと物部の証をたてる」

「それが迷惑だというんだ」

「迷惑って、おれは足手まといか」

「ああ、足手まといだ。よく聞けよ。物部の証を貫くのは荒事だ。命がけだ。よそに気持ちがいっている野郎を相方にできるか。心に乱れがあるやつに命をあずけられるか」

「小角――」

「ばかやろう。泣くやつがいるか」

小角は心と反対のことを言っている。六明の望みをかなえさせようとしている。熱いものが心をいっぱいにした。

「おまえはおつむの回転がいい。考えすぎなんだ。よぶんなことを考えずに明日、作事場で東国の大工衆の長を訪ねろ」

小角の目元がわらっている。

「おまえに鑿を砥いでもらいたいそうだ」

そこまで小角は目を配っていてくれたのだ。

「吾の気持ちは――」

こみあげるままに思いをぶちまけた。

「身勝手でひどいやつだ。おれは」

六明は心底、自分を恩知らずだと思った。

「良くぞ申した」

「怒らぬのか」

「怒ることがあるか。遠慮はいらぬ。六明の働き、じゅうぶんだった。これ以上おれといっしょではおまえをすり減らすだけだ。自信を持て。そして自分の望みを第一としろ。なににつけても丹念な仕事ができるおまえは無能でない。天賦の才を使わぬでは宝の持ち腐れじゃ。おまえはおれ以外の人と交わるのを恐れているな。恐いのか、人間が」

六明はうなずいた。

「この世に余計な者などおらぬ。恐れるな。おれが知るかぎりおまえ以上のやつはおらぬ」

小角が六明の肩を叩いた。間止利の長から同じように肩を叩かれたことが重なった。

「小角、吾――」

「カジマ六明。今からおまえの名だ」

「カジマ？」

「ああ、はるか遠い東国の名だ。おまえが名のっても蘇我には気づかれまい」

「カジマ六明」

「気に入ったか」

「小角、いい人だな」

「いい人なんかじゃねえよ。一度、二度の親身にだまされるんじゃねえ。勘違いしちゃあいけねえ。おれはおまえにとっていちばんの悪人だ」

寂しそうな口ぶりだった。

「いまはその言えねえが――、その時が来たら、ぶっちゃけるかもしらん」

「いや、小角はいい人だ」

「カジマの六明。よくきけ。たくらみを隠すやつほど、親身なふりをするもんだ。あっという間にあたまのなかにはいりこまれるぞ」

「そういうやつはいるだろう。だけど小角はちがう」

「わかった。もうはなしはしまいだ。カジマ腹ごしらえじゃ。市で餅と魚を手に入れた。酒もある。今宵は宴じゃ」

小角は手にした麻袋を、獲物のように高く挙げて、

「はよう、火を起こせ」

第二部

其の一

推古十一（603）年。

物部一族の潰滅から十六度目の春、二月を迎えていた。

大和の三山が黒影となって、くっきりと浮かぶ月夜である。桜の香が微風にのって寄せてくる。

物部の先祖の饒速日命《にぎはやひのみこと》が天から降り立った磐船飛龍。

月光下に映える朱色を纏《まと》う媼《おうな》は石舟の穿った穴と穴の央に座し、手にした髑髏《されこうべ》を月にかざす。

「物部守屋様、おいたわしや、おいたわしや」

やがて月光を吸い取った髑髏の頭頂部が青白く光りはじめる。

南から吹いていた風が止んだ。

いつのまにか夜鳥の鳴き声も止んでいる。

媼は用心深い手つきで髑髏を舳側《へさき》の穴に納める。

印を切り、呪文をつぶやき、船尾側の穴に自分がすっぽりはまった。こちらの穴は媼の乳から上が出る深さだ。

呪文を唱え、穴に納めた髑髏にむけて腕を伸ばし、指先を小刻みに波打たせる。

しばし呪文と指先の動きに耽る。周りの草が大海の荒波のように騒ぎ出す。

穴に安置した筈の髑髏が、ふわりふわりと浮き上がった。宙に躍る髑髏に月の光が降りそそぐ。

「おお、守屋様、惨いされように神社いらいの御尊顔、婆はうれしゅうございます」

媼は舳から二つ目の穴に向け、指先をさらに波打たせる。その穴から髑髏がふわり浮き上がった。

「物部尾輿《もののべおこし》様、おなつかしゅうございます」

守屋の父、尾輿のものである。その後にある三つ目の穴。今ひとつの髑髏が穴から漂う。

「物部荒山《もののべあらやま》御大様、トキヨミでござりますう。未だ恥多き日々、どうかどうかお許しくだされ」

尾輿の父、守屋の祖父の荒山である。

媼が指先を波打たせるだけで、物部歴代当主の髑髏が穴からあらわれ、月光に照らされて青白く輝き、宙にふわふわ漂い舞う。

「若人を――。未だ未熟なれど未のある者をお三方様のお助けを以て厩戸にお近づけください。若人の魂に怨を――」


曖昧――。なにもかもが曖昧《あいまい》だ。

夜なのか、朝なのかあやふやな時の流れ、暑いのか寒いのかうやむやな感覚、おぼろげながらだと心の境い目。からだはまだ眠っているのに、意識が目覚めかかっている覚束なさ。まどろみの狭間に揺れ動く我が意識。起き上がる気にはならず、あえてまぶたを閉じたままでいる。眼窩がじんわり熱を持ってくる。

六明のあたまのなかでは、とりとめない思念が飛び交う。アオカミ島の石里のこと。かかさまと間止利の長、もも、石雁、小角、そして寺造りの工法。規矩術《きくじゅつ》、ぶん回し《コンパス》、墨縄、矩尺《かねじやく》。百済コンゴウ衆、寺博士、五層の塔、その先端にかぶせる相輪《そうりん》。里の奴卑、ももの歌こと。そのひとつひとつがちぎれ雲のように、生まれ出てはいずこかへと流れ去る。眼窩の奥から伝わる温さと曖昧なあたまが映しだす思念が朝の一時、六明をうかれさせるのだ。

百済から寺を造りに来た寺博士たち、コンゴウ衆の館である。コンゴウ衆が建てた屋敷は萱葺き屋根に蔀戸《しとみど》と豪族なみだ。風と不必要な明かりを防ぐため、まどろみには最上の褥である。

六明が葛城の隠れ家で小角と別れてから、早や十五年の月日がたっていた。

「カジマ、起きろっ。朝だぞ。ナマケモノ」

「チェボルか」

横柄な百済ことばにつづき、使用人部屋にずかずか踏み込む男。まどろみの世界から現《うつつ》に引き戻されて六明は舌打ちをした。

「おれをナマケモノ呼ばわりするとは」

六明は筵《むしろ》の床から起きあがる。

「冗談もわからん堅物め。おまえがナマケモノなら西から陽があがるわ。カジマは大和一、倭国一の勤勉もんじゃ」

口がへらぬ男は、百済から来たチェボルだ。惣棟梁《そうとうりょう》の甥っ子だが、おしゃべりすぎていつも叔父から小言をもらっている。どこにでもいる無頓着で、無類のおんな好きな二十三歳だ。

「おんなのところから朝帰りか」

「叔父にはこの部屋で一緒にいたことにしてくれ」

「まどろみを愉しんでいたのに、惣棟梁に嘘をつかせるために起こしたのか」

六明は皮肉を潜めたが、この若者には響かない。

六明は支度を調え部屋を出た。

「惣棟梁に見つかる前に、おんな臭さを消したらどうだ」

「臭うか。水浴びにつきあうか。そうと決まればカジマ、ぐずぐずするな。井戸が混むぞ」

髭のない生っちろい顔。薄い眉、糸のような目。なにがおかしいのかにやけている。今日一日の禍々しさを予兆させるのにぴったりの顔がチェボルだ。

「きょう、また佐富皇女《さとみのひめみこ》が普請現場にお出ましだ」

「そんなことで吾を起こしたのか」

「正気か。佐富皇女と聞いて、昂奮しないのは男じゃないぞ。おれなんか滾《たぎ》って、滾って」

「春夏秋冬滾っりぱなしがよく言う」

チェボルが目を閉じて、眈りはじめた。

「濡れた抒情的《じょじょうてき》な瞳に、乳色の冷たいお顔立ち。それらと不釣り合いのたおやかなおからだ。心を奪われぬ男はおらぬ。おまけに楚々として慎ましやかで清々しい。あの王女はどんな匂いがするかのう」

「おまえにはかなわぬ」

井戸端につくと、一番鶏が鳴いた。

素肌に朝の気がここちよい。水をかぶり、身を清める。春とはいえ、水は肌を刺す冷たさだ。

「いつ見ても、すげえ傷だな」

蘇我の倉破りでつくった古傷だ。胸や背中に数箇所あるが、人に知られてはならぬ恥の痕跡と思っている。傷を隠すように手早く上着を羽織り、口をすすいだ。以前チェボルには若気の至りだと答えて、傷の話題になると六明はことさら不機嫌を演じてきた。チェボルも六明の気持ちを汲んで、それ以上話の尾は引かない。チョボルが盛大に水を浴びている。

「コンゴウ衆が来る前にいくぞ」

ささっと井戸端からはなれる。屋形裏の沼で小用をたし、日の出を拝みに向かう。

「カジマ、飛鳥寺の寺司の善徳って知っているか」

「飛鳥寺の普請でな」

飛鳥寺は蘇我一族の私寺である。善徳は大臣蘇我馬子の長子で、仏法に明るく一族の寺を任されているという話だ。

「佐富皇女に同行され、斑鳩普請場を御立ち会いだとさ」

「吾には関係ない。粛々と通事をするだけだ」


厩戸皇子《うまやどのおうじ》が新たに宮とする斑鳩の地。

斑鳩の普請場は御尊父の用明天皇が渇望しながらも、実現できなかった計画をご子息の厩戸皇子が実行しているのだ。そのせいなのか厩戸皇子の妹の佐富皇女は作事見学に熱心だった。案内するのは惣棟梁のメチギセムだが、その通事役が六明である。

六明は東の山陰から登る日輪に手を合わせた。かかさまが幼い六に強いた習慣が今も続いているのだ。

「なにを願ってるの。欲のないカジマが神妙な顔して、いい、どうせ、普請場の無事故とかだ」

「朝っぱらからへんだぞ、チェボル」

「へんなもんか。それなら言っちゃいましょう。姫君の目当てはおまえさんだよ。カジマ」

チェボルが六明のからだをこづいて笑う。六明は表情が強張るのが自分でわかった。

「姫のおまえを見る目つき、瞳に懸想《けそう》と書いてある。あれはもう決まりの矩尺ぴっちしよ」

「二度と与太を言うな」

照れ隠しに声を荒げたが、世辞とわかっていても悪い気はしなかった。

「あの姫は用明天皇の晩年の御子であるから、兄上の皇太子様とは十五歳も年のはなれた花もはじらう十四歳。御尊父のご意志で自由奔放なお育ちゆえ、ご自分のご意志や夢を大切にされる」

「ずいぶんとお詳しいことだ」

「知りたいことはなんだ。なんでもおしえて進ぜるぞえ」

「ひとつある」

「おれたちの仲に遠慮はいらぬ」

「チェボルの口を閉ざす方法だ」

「チェ、食ねえ男だな」

ふたりで噴き出した。

「カジマの通事は天職だよ。今日も大活躍だな」

天職。飛鳥寺普請の場で百済ことばを耳にしたとき、なにを言っているのか鮮明に理解できた。あたかも最初から身体に百済ことばが入っていて、なにかの拍子にひょいと出てきた、そんな感じだった。異なる力に立ち会うと人は不気味がったり畏れるものだ、がそれをしないのが百済人だった。素直に才人ともてはやすのだ。

物部では物の怪と忌み嫌われた額の三ツ黒疣は天にあらわれる吉兆と喜ばれる。六の数も六芒星、亀の甲羅はめでたき証とありがたがる。まるで己には物部ではなく、蘇我の血が流れているのではないか。全身に先祖伝来の百済の血がたぎっているのではと錯覚するほど百済の文化、風俗にすんなり溶け込んだ。

百済だけではない。新羅も隼人も同じで、全てのことばを聞き、はなすことができるのだ。最初はだれもが持つあたりまえの能力と思うほど自然なことだった。自分だけが持つ異能と知って驚愕した。やがて、コンゴウ衆が仕切る寺普請の場では、百済ことばを解し、話す能力は重宝な力になった。

「カジマよ。おぬしの本懐はなんだ。真面目くさった顔つきで、朝から寝るまで寺、寺、寺。寝言まで寺だ。なぜ根を詰めて寺造りの技を盗む。百済人ではないおまえ、どれだけ身につけたところでコンゴウ衆にはなれん」

「チェボル、好きなことができればじゅうぶん。出世、出世と一途にならぬ男もいるんだ」

六明はひとりになって考えた。チェボルに言ったことは本音か。

寺建築の術、知識は膨らむ一方だがそれを使うことが出来ない。寺建築の基本を説く規矩術ひとつとってもだ。

たとえば寺建築に重要な三要素は、タチ、カネ、ミズである。

タチは垂直、五層の塔のような超高層の建物は下で一厘の狂いが生じただけで大きく傾いてしまう。糸につけたおもりを上からたらせば傾きは算用で表れる。

カネとは建物の四隅を矩（九十度）におさめて、正しい方形をつくることだ。矩の作り方にはいろいろある。そのひとつが三《さ》・四《し》・五《ご》の三角技だ。三つの辺が、三、四、五となる三角を、地面に縄を張ってつくる術である。一の辺が三〇〇尺の綱なら、二の辺を綱四〇〇尺に。そして綱と綱の間が五〇〇尺になるまで開く。つまり三の辺は五〇〇尺になる。すると一の辺と二の辺がつくる角度は自然と矩（九十度）におさまる。

ミズは水準。水平である。長さ一間ほどの長水盤に水を入れて両端の水面の高さを基準にしてならした基礎地盤に柱盤を設置し、その上にタチに立てた柱と柱を水平にした頭貫や棟木（いずれも横木）でつなぐ。

建物は巨大な箱だから、天地の八角がそれぞれ三方向とも矩でおさまることが基本である。現場で三要素をおさめるのはコンゴウ衆だ。六明が三要素などの知識や技能をどれほど身につけたところで、生かされることはないのにむなしくないかとチェボルは言ったのだ。

お節介である。だが、胸にグサッと刺さるお節介だった。そんなこと露も疑わずに、実直だけでつっ走ってきた勢を寺博士に認められてコンゴウ衆の通事に抜擢されたのだ。自分では不満なんてなかった、がそうだろうか。今まで考えなかった疑いが気持ちを蝕む。他人にはそう見えた。顔がさびしく見えたのだ。ほんとうに懐疑、不満を持ったことはないのか。

己の心に訊いたが、その答えも曖昧なものだった。

六明が寺作りにかかわって、十五年を迎える。大臣蘇我馬子が建立する飛鳥寺が手始めだった。小角の伝手で訪ねた大工衆の芳志組頭のもとで、鑿や槍鉋《やりかんな》を言われるままに砥いだ。組内の大工衆からカジマが砥いだ道具は切れ味がちがうと喜ばれた。己が砥いだ刃物が寺を造る、胸がいっぱいになった。

　なにかの拍子で六明が鉈一つで木挽きができることを知った組頭は、六明を木挽き工人にした。普請の基準は高麗尺《こまじゃく》（曲尺の一尺七分六厘・三五六ミリ）で部材、柱すべての寸法に用いられる。木挽きも尺の倍数で板をとる。算用が早く、板目がよく読めて、木の性質を知る六明はまたたく間に木挽き小頭に上がった。

　腕ひとつの世界を肌で知った六明は修練に専念した。決して栄達を望んだわけではない。寺作事への好奇心だった。高度な仕事が出来る工人は、手が足りない持ち場へ引き上げられるのが現場だ。ほぞ作り、ほぞ穴彫りが巧みなことが木組工人にした。柱の上に縦横斜めに桁、垂木を渡して建物を組み上げていく。柱とそれらの材をつなぐのが木組である。木組での手先肘木《てさきひじき》や雲斗《くもと》肘木《ひじき》の工作には里での薪木を割り、鉈、鉞ひとつでいろんな細工をしたことが役立ったのだ。

　木組の達者、鑿遣いの巧者が彫刻工人になる。六明も彫刻工人に抜擢された。鑿、鉋を使う工人では頂点の仕事で、他の工人から一目おかれる。彫刻場はコンゴウ衆と近い。鉈や鉞を彫刻に使う工人がいると聞いて、コンゴウ衆のメチギセムがカジマ六明を冷やかし半分に見に来た。

　異国の地で孤独に暮らすメチギセムの心のすきまに、百済語を解する倭の若い工人が嵌まりほだされたのだろう。彫刻部所に足を運び、六明の仕事ぶりをじっと見る日がつづいた。最初は面倒くさい年寄りだと六明は思った。やがてことばを交わすようになった。五十を迎える男と若造が話していても障りはなかった。百済での想い出話の類いや倭国工人への愚痴を聞かされた。六明は聞き役に徹した。蘇我の倉破りや自分が物部であることを明かせられない身では話す事はなかった。メチギセムは六明の身の上を知りたがったが、当人が拒むのと、わざわざ東国から出てくるのはそれなりの事情があるのだと汲んで、話したくなったときに話せば良いと忖度した。

メチギセムにとって、腕がなによりなのだ。極端な話、過去などどうでもいいのだろう。

六明とメチギセムの関係を訝しむ者、嫉妬する者は多かった。余計者だった里での経験から、悪意に満ちた目や陰口を六明は気にしない。幼い頃、間止利の長がそうであったように、メチギセムにも見守られている実感に幸せを感じていた。仲間からの悪意を見て見ぬふりで通す六明の対処にもメチギセムは好感をもったのだろう。コンゴウ衆の通事を命じられた。建築に造詣を持ち、よく読み書きし計数にも明るく、働く意欲は人の数倍という通事は寺博士やコンゴウ衆には重宝な存在だった。

「木は正直だ。自分を飾り立てたり、大きくみせようとしない。カジマは木のようだ」

メチギセムが口にするたび心がこそばゆくなった。そんな相手にも胸襟を開くことができぬ自分がみじめでやましさがこみ上げた。

そして斑鳩の法隆寺普請から、六明は惣棟梁メチギセムの通事を命じられたのだ。

其の二

「佐富皇女様、蘇我善徳様、お成りい」

普請場に声が響いた。

推古十一（603）年三月、晩春だった。

午後のさらさらした陽光が建築途中の金堂に降っていた。小高い丘の緑は夏雲のごとく盛り上がっている。見上げれば長い雲に黒いシミとなって鳥が北から南へ渡っていく。普請現場から、工人衆の威勢のいい掛け声が聞こえてくる。

佐富皇女と善徳のふたりを、惣棟梁のメチギセムが案内したのはそんな日の昼下がりだった。飛鳥寺寺司の善徳は、大臣蘇我馬子の長子である。善徳の来訪目的は皇太子が建てる寺の検見、監察だ、という噂が普請場に溢れていた。

六明は皇女を盗み見た。

チェボルがはしゃぐだけあって、美しいおんなだった。黒髪がつやつやしている。血管が透けるほど白い肌から、ほのかに果実のような甘い匂いがする。工人は皇女をまぶしそうに見るのに対して、寺司には恐れとも警戒ともつかぬ視線を向けている。

メチギセムの百済ことばをヤマトことばに直すのが通事だった。

メチギセムは貴人を迎える正装の儀式用水干《すいかん》に鳥帽子姿である。六明も鳥帽子をのせている。作事の場をそぞろ歩く四人の背後から、両貴人の侍女、舎人が剣を手に鎧をがちゃがちゃさせてついてくる。その後ろにはコンゴウ衆、各組棟梁が続いている。まさに荒々しい普請場に似合わぬ供奉《ぐぶ》の行列だ。

この普請が意に染まぬ善徳はしかつめらしい顔で、落ち度さがしに血眼だ。善徳の冷ややかな視線を感じた工人の動きが緊張でこわばるのはしかたない。口数の少なさも威圧を感じさせる。六明が善徳から感じるのは、普請場への敵意だ。伽藍が完成すれば、善徳の飛鳥寺を凌ぐ大寺になることが意に染まないのだと六明は見ている。面倒がおきなければいいがと、同じ思いのメチギセムと視線を交わした。

佐富皇女の希望で一行は塔へと向かった。金堂から二年遅れで始まった塔普請である。

三丈の盛り土を、高さ二丈まで突き固めた枡形土台ができている。土台の四辺はなだらかな勾配がつけてある。この土台に五層の塔がそびえる予定だ。一層は一辺四十三尺（十五・三m）の方型で上に上るほど一定の比率で縮小される。

普請は北極星《ほくしん》を北とする真北《しんぼく》にこだわる。真北を基準に一辺が十五間の枡形に麻縄が張ってある。一行が縄をくぐってなかへと入る。メチギセムを先頭に土台上につづく仮設の階《きざはし》を上る。

土台の中心の地中深く掘った穴に巨大な礎石が設置してある。行程は礎石の上に心木《しんぼく》を立てる準備段階だった。一行があがると、工人たちは作業の手を止めて畏まる。

「たった二丈でこの高さ、惣棟梁、五層の上では目が回るようでしょう」

「佐富皇女様、その五層の肝要がこちらになります。お気をつけてごらんくだされ」

皇女がおっかなびっくりに穴をのぞいた。メチギセムの腕が皇女を守るように腹部の前に回る。

「湿った土の匂いでむせかえるようじゃ。まあ、大きな石が」

「この穴が塔の芯です。深い穴に沈めた大石、礎石です。上に心木を立てます。心木には孔を刳って、釈迦様の骨舎利《しゃり》を納めます。前回、相輪の宝珠の話をいたしましたね」

「はい、宝珠というのは舎利を納める器だと、だから空高いところにお祀りすると聞きました。この下にも舎利を入れるのですか」

「飛鳥寺の舎利は心木だけでしたが、皇太子様が隋式に相輪の宝珠にもというご希望でした」

メチギセムは善徳をちらっと見て、飛鳥寺の舎利にもふれた。

善徳、無表情。

「心木に芯柱を繋ぐのですね」

「芯柱は継ぎ足し、継ぎ足しで高さ八丈あまりの五層に届くのです」

「なぜに、一本の長い木を使わずに継ぎ足すのじゃ」

「真っ直ぐな長い木はございません。仮にあっても長いままで山から下ろすはかないませぬ」

「たしかにそうじゃ。塔づくりは知恵の塊、まさに積小為大じゃ」

「この塔中心から西へ高麗尺にして一八〇〇尺、引き延ばしていくと皇太子様の叔父上、崇峻天皇様の御陵の中心に至ります。大臣に謀殺された崇峻天皇様です。この塔は皇太子様から大臣への言挙《ことあ》げではないかと私は考えています」

　メチギセムは寺が皇太子から蘇我馬子への抗議だと皇女に伝えたのだ。馬子の長子がいることを忘れているわけではあるまい。六明も初めて知った驚きの内容をどう訳すか迷った。

「私が話したまま繋ぎなさい」

　見かねたメチギセムに促されて、

「惣棟梁はこの伽藍が、皇太子様から大臣蘇我馬子様への苦言だとおっしゃっています。塔の中心が崇峻天皇様の御陵の芯から東にちょうど一八〇〇尺になっているからです」

　慎重にことばをえらびながら伝えると、皇女は一瞬、顔をこわばらせて善徳をちらりと見た。

　皇女も前天皇が大臣に殺されたことを知っている。

　善徳の顔、無表情だ。

　メチギセム、満足げにうなずく。

　皇女は顔を曇らせた。

「この塔から咲き誇るのですね。仏教が人々を労《ねぎら》い、癒《い》やす文明の花が――」

皇女らしい話の聡明なすり替えに、六明は胸が軽くなった。六明は百済語でメチギセムに訳しながら、皇女が口にした「この塔から咲く」ということばから、皇太子が目指す文明の開化には旧態依然の特権に浸かっている馬子が邪魔という含みがあることを感じた。崇峻天皇の御陵から東に一八〇〇尺の数値も皇太子の大臣への宿怨からか。メチギセムは一八〇〇尺の意味を承知か。

「心に描いてください。此処に高さ八丈にもなる五層の塔が完成し、そびえ立っているところを、――皇女様がおっしゃるとおりの文明の開化です」

皇女は瞳を閉じた。そして、

「しかしメチギセム惣棟梁。そびえるように高いものがなぜ、大風や地震に倒れぬ。揉まれたり、ゆすられたら倒れるはずじゃ」

おっとりされた物言いで、疑問を発した。早く訳せとばかりに六明を見つめた。チェボルに言われたことがよみがえった。

「皇女のお目当ては、カジマおまえだ」

バカなと思う半面、狼狽《うろた》えやり場を失った目を金堂の屋根に向けた。

金堂は寺の本尊となる仏像の住まいだ。間口六一尺（一二・八米）奥行五四尺（一九・四米）の堂々とした建物だ。南門の中心、塔の中心と金堂の中心。これら三つの心は、真北を通る一本の直線上にあるのだ。この真北に向かう線に対して、すべてが左右対称になるのが伽藍だ。金堂の御本尊もこの目には見えない線の中心に坐すのだ。

外壁が八分方できあがった堂で屋根師たちが瓦を並べる上空を鴉の群れが飛んでいる。例え外壁ができて、屋根がついても完成ではない。彫刻や壁画など内装を仕上げて、本尊を安置するまでには未だ時も人手もかかる。意識を金堂から移して、皇女の問をメチギセムに訳す。自分でも答えられる問を、メチギセムならどうこたえるか六明も興味があった。それくらい皇女の問には解が多く、多岐に亘る深いものなのだ。

六明はメチギセムの答えのままに訳した。

「建物自体を支えるだけでも大きな力が必要です。あの金堂や館の建て方では野分けや地震の力に対して、力で抑えつけ封じるものです。一方塔のように高い建物では心柱だけでなく、天柱の根元も動くようにします。ひとつも固定していないため野分けの力をしなやかに受け入れます。しかも釣り合いを保つから倒れることがありません」

六明が左掌に肘をのせた右腕をたおやかに泳がせて、強さの秘訣を視覚的に示す。皇女が目を見張った。

「樫と柳のちがいですね」

樫は堅いため強い力を受けると、いずれポキリと折れてしまう。柳は加わる力をしなやかに躱《かわ》すため、折れることがないとのたとえである。六明から皇女の聡明なたとえを、伝えられたメチギセムが手を打ち、まばら髭の顔をほころばせ、天柱がどうなっているか、こちらへどうぞと案内する。メチギセムは塔のこととなれば周りが見えなくなる。多少の危険の場でもかまわず案内してしまう。皇女の侍女が迷惑そうな顔をするが一向に気にしない。

メチギセムが案内したのは、塔の天柱を基礎石に合わせる現場だった。

善徳が振り返り、六明に視線を投げた。寒気、一瞬の違和感は錯覚か。善徳が祖父の大臣蘇我稲目より仏の教えをたたき込まれ、仏の生まれ変わりと人々から畏れられている、とコンゴウ衆が話していた。善徳の烈しい視線は仏法呪術か、そんな疑問を六明に湧かせる禍々しさだ。

六明は恐ろしいことが起こる、との兆しに震えた。


柱師が基礎石にうがった球面の凹みに、球面に凸らせた柱を立てている。柱師のホラ貝に従って奴卑たちがかけ声を合わせ、頭貫《かしらぬき》丸太の上を越える綱を引く。牛も引く長さ五〇尋の綱の反対側には柱丸太が結んである。差し渡し三尺、長さ二間の丸太の重みを受けるのが、太い材で組んだ井桁だ。二本の柱の間に横たわる頭貫（横木）だ。綱を引くたびに頭貫は重みにしなる。丸太が揺れながらつり上がっていく。

「エイヤーッ、サー、コーリャン。エイヤーッ、サー、コーリャン」

野太い声。無数の奴卑が牛が調子合わせて綱を引き、柱をつり上げる。井桁が軋む。

段取りが危険な領域に入ったことで、手慣れているなかにも緊張しながらコンゴウ衆と柱師が差配する。

皇女は男たちの迫力に魅入られたか、一声ごとに宙へとのぼる柱木をじっと見いっていた。

メチギセム、皇女、六明、少し離れて善徳が並んでいた。

頭上に群れなす鴉の声がかまびすしい。見あげた六明の気持ちがザワっとした。

「墨を塗った穴に、柱を立てます。柱を穴に押しつけて先端に穴の墨を写します。墨がついた部分、黒いところだけをそぎ落とします。また墨を塗った基礎石の穴に柱を立てる。柱の墨がついたところだけ削ぐ。それを幾度も繰り返す。柱師の仕事で柱の球面すべてに墨が写るまで削っていくと、基礎石の穴と柱の先端の丸みがぴったりと一体になります」

六明は目の前の作業を示しながら、手真似を入れてメチギセムのことばを通事する。

善徳と目があった。善徳の密かな笑みに寒気を覚えた。

おおおお、と奇声。

宙の柱が振れ、大きく揺れている。頭貫が柱の重さに悲鳴をあげて撓《たわ》む。柱の揺れが大きい、さらに振れて振り子のようだ。

「あぶない」

異変を察知した六明は立ちすくむ佐富皇女の肩を引き寄せ逃れた。足がもつれつまづき、勢いがついたふたりは土台の勾配をころげ落ちる。直後、上の方で悲鳴があがった。

鈍い地鳴り。重量物が地面に弾む感覚。巻き込まれまいと逃げる人、すべてが一瞬で起きた。

気づくと六明は宝を守るように皇女を胸に抱きかかえていた。

「ああ――」

狼狽を懸命に取り繕い、腕をほどき立ち上がった。「なにごとぞ」とばかり皇女は血の気を失った顔で、六明を見上げていた。衝撃のせいで眼の焦点がない。

「おけがはございませぬか」

ぼんやりうなづく皇女に手を貸し立ち上がらせる、と咄嗟に皇女が六明にしがみついた。顔は青ざめ、口の端が細かく痙攣している。皇女の胸を直に感じて六明はどぎまぎする。おんなの烈しい鼓動が伝わる。反応がない瞳が六明を見る。六明は慌てて目をそらす。警護舎人が土手を駆け下りる。六明はしがみつく腕をほどきその手で皇女の両肩をおさえ支える。駈け下りてきた舎人に頼みますと目礼して、人が輪になって騒いでいる土手の上へと走った。途中、落ちていた儀式用の烏帽子を拾い胸元に納める。ギャッという老人の声が六明の耳に残っていた。イヤな予感に冷や汗が背筋を流れた。おんなの泣き声がする。地面に血が飛び散っている。最初に目に飛び込んだのが、陽光を受け光沢を放つヌルヌルの血とドロドロの白い粘液がついた丸太柱だった。

六明に気づいた人の輪が割れる。輪の中心に向かって急ぐ。

「メチギセム様」

あたまから血をながしたメチギセムがうつぶせに倒れていた。純白の水干の背に血しぶきが飛んでいる。大きく弾んだ柱にあたまを潰されたのだ。六明は声もなく跪いて、メチギセムの烏帽子を拾った。

皇女の手を引いたのは咄嗟のことだった。一緒にメチギセムの手も引けたはずだ。自分は――、チェボルが言っていた皇女が自分に心があると思っているからか。歯牙にもかけなかったことが気にかかる。メチギセムは自分に目をかけ、通事にまでしてくれた恩人だ。

「娘しかいない吾にとって、息子のようだ」が口癖だった。

尋ねれば寺工法の一から教えてくれた恩師だ。おかげでコンゴウ衆をのぞけば工法の知識はぬきん出るまでになっていた。なぜ、おれはそういう人を……。

「叔父上さま」

駆けつけたチェボルだった。へたりこむように跪き亡骸にしがみついている。六明が手を貸しふたりで、懇ろに亡骸を仰向けにした。顔には傷が見当らなかった。その分、哀しみが募った。ふたたび、チェボルは亡骸を抱くようにしがみついた。泣きじゃくりききとりにくい百済ことばで、おれをひとりにしやがって、ドジめ、と嘆きをくりかえしている。芝居じみてみえたのはなぜだろうか。六明は号泣する男の背に言った。

「すまん。おれがついていていながら」

「おまえ、けがは」

背を向けたままチェボルが訊いた。

「チェボル、おれが代わりになればよかったんだ。メチギセム様がこんなことに」

「事故だ、だれのせいでもない」

「おれはメチギセム様の手も引けたんだ」

「運だよ、その人間がもっている運だ」

取り囲んだ人がざわざわする。異変に気づきふり向くと、皇女が侍女、舎人一行を引き連れ階を上って来た。

「チェボル」

チェボルが立ちあがった。

「皇女、おけがは」チェボルの問いかけを無視して、六明を凝視して訊いた。

「その方、名は」

「カジマ六明、メチギセム様の通事にあります」

六明は視線を逃がして答えた。

「カジマ六明、恩に着ます。おかげで命びろいできた」

「カジマ、身にあまります」

「カジマ、許す。こちらを見よ」

「ハア」

目があい、視線がからんだ。

「カジマが助けたこの命、吾は大切にいたすぞ。これも御仏のお力じゃ。そうですね。善徳殿」

善徳は恐懼《きょうく》することで肯定してみせた。そのとき、善徳がわずかにほくそ笑んだのを六明は見逃さなかった。

メチギセムがふた抱えもある柱に潰された。六明の機転によって佐富皇女は難を逃れた。優秀な惣棟梁を失えば工期は遅れる。善徳の視線に覚えた禍々しさ。直後に出来したメチギセムの惨事。善徳の普請妨害か。仏教の魔力か。仏教への疑念を六明は胸にしまいこんだ。
仏の教えとは……、コンゴウ衆が仲間内で語るところを要約すると、
謙虚を失った人が堕落をつづければ、天から災いが降る。仲間と共存する心を取り戻さないと日輪が怒って朝になっても昇らず、世は夜ばかりとなり、草木や米が枯れて動物も死に絶える。食物がなくなった人間は共食いをはじめ、餓鬼道に墜ちて死に絶える。そうならぬために、人をこれ以上堕落させぬ道が仏への信心で、その中心となるのが寺だ。寺で経をあげることで日輪に許しを請うのだという。物部の間止利が魔を恐れるのは、魔がはびこると世が終焉するからだった。世の終焉ではいずれも同じだ。なにごとも信じられず、かと言って拒否することもできぬ自分の中途半端さは、余計者の宿命かと思う。そもそも世の終焉など恐れない。気にもしない。その根っこには守る者、大事なものを持たぬ孤独さがある。

突如、メチギセムの教えがよぎった。

己が決して捨てられぬものを三つ残せ。わたしの場合は家族と、仕事に妥協なし。そしてわたし自身に嘘をつかぬことだ。

師の姿を浮かべ六明は涕泣《ていきゅう》した。泣きながら寺を思った。よけいもんの自分には捨てられぬものなどない、この命をはじめだ。

其の三

皇太子である厩戸皇子が亡き父、用明天皇を偲んで建立する寺で厩戸皇子の妹姫になにごとか起きたら、どれほどの大事となるか。それを救った六明の身に大きな変化が起きた。

厩戸皇子の使者が来訪して、六明に褒美《ほうび》を下賜《かし》された。同時に皇女を危険な目にあわせた百済コンゴウ衆には譴責《けんせき》があった。


「カジマ六明。法隆寺寺普請惣棟梁を命じる」

使者の厩戸皇子付舎人長、迹見赤檮《あとみせきとう》が読み上げた。

迹見赤檮は先の物部一族との戦で、木に登り高見から大連物部守屋を射抜いた弓の名手と聞く。

「厩戸の赤檮、馬子の直駒《あたいこま》」と、刑死した東漢直駒《やまとあやあたいこま》と常に並び評される武人である。

自分がコンゴウ衆の寺博士、惣棟梁。いっこうに実感がわかぬまま、慣習によりコンゴウ衆の屋形から四間道の向かいにあるメチギセムが使っていた離れ屋に移った。惣棟梁の宿兼執務室は簡素だが居心地がいい。六明はメチギセムを真似、部屋の央であぐらを組んだ。

身の回りを世話する娘が碗を運んできた。

「この時間、メチギセム様は湯をお飲みでした」

湯気の立つ碗をうやうやしく置いた。

「わたしのことはかまわないでいい。用があればこちらから声をかけます。それを下げてひとりにしてください」

「ハイ、寺博士カジマ様」

あの日、小角にぶちまけた希望は絶望に変わることなく、ここまでたどり着いてしまった。人生とは、なんと数奇なものか。今や普請場の芯柱がわが身だ。

問題はコンゴウ衆である。

六明が惣棟梁を命じられて十日が経った。

事故で工人たちの志気が落ちた。すでに工程に遅れが出ている。六明は皇太子様が亡き父上の元天皇様を追善するために建立する寺である。皇太子様の思いがつまる寺造りに関わることが出来るのは名誉なことである。工人の誇りであり、未来を切り開き、やがては工匠と認められる仕事をしているのだ。皇太子様のために、工人がひとつにまとまって偉業を起こすのだと激励して各持ち場を回った。どの現場でも小頭たちと並び、道具を使い一緒に仕事をした。工人たちの目に輝きが戻り、からだに志気が満ちるのを感じた。作業場に工人たちの勇ましいかけ声が戻ってきた。やがて工人たちの間に、惣棟梁は身近で親しみやすく、頼れる男だという声が出はじめた。なかには、カジマ六明を惣棟梁に推した皇太子の慧眼に恐れ入ったと口にするものもあらわれる。

一方で六明のやることに横槍も入った。コンゴウ衆や彼らの息のかかった工人たちは、やっかみから非協力的な動きをした。想定内のことである。そんなときこそメチギセムが遺したぶん回し、矩尺、墨縄の棟梁の三種の神器を手に現場に出て、せっせとからだを動かし汗をかいた。

六明が異変を感じたのは、そんなさなかのことである。

監視の眼。どこにいてもなにをしていても気づくと目を感じる。だれが、なんのために――。

赤檮が部下に自分を見張らせているか。

厩戸皇子はトキヨミ媼と並ぶ呪術使いだ。遠視できる者が部下に六明を監視させる意味がない。

此度の抜擢人事は、六明が寺博士にふさわしい知識や技を持っていたことを知ってのことだ。厩戸皇子はなぜ知った。呪術か、透視か。メチギセムしか知らぬこと。メチギセムがそれを皇子に話したのか。その確認の監視か。呪術の透視なら六明が物部ということも、小角と続けた倉破りもお見通しの筈だ。物部の証をたてると、小角と破った倉はすべて皇子とは親戚筋の蘇我氏のものだ。そんな男を国の中心となる寺造りの頭にする筈がない。この法隆寺創建には、物部から奪い取った財宝や奴卑が使われている。

抜擢の理由。

「なぜカジマが、腕のいいコンゴウ衆なら数え切れない」

六明はじめ普請場にかかわる全員の疑である、がそれを皇太子に訊ねることは畏れ多い。異を唱えることは憚《はばか》られる。あまつさえ六明自身が買いかぶりです。どうかご放念ください、と断ることなど許されぬ。君主の勅命に、あなたは人を見る目がないと反論することになるのだ。君主という立場ならではの考えがあってのことだ。そう吹っ切る六明のうちで疑心暗鬼が膨らむ。

その夜、六明は夢を見た。

虹を横たえたような川に立つおんな。まぶしく極彩色に輝くおんな。間止利の娘だった。声を枯らして尋ねていた。なぜ、おれを殺さぬ。なぜ生かすか。問いかけても、娘は微笑むだけだった。里のおんなは無口だ。ももなど十年ちかくそばにあったが、声を聞いたのは歌声ぐらいだ。その歌声もものものかは定かでない。六明はもものの声だと信じ込んでいた。

六明は灯明を土間に持ち出して、鉈を振って木っ端を削った。長さ一尺、差し渡し三寸の丸木の四隅を落として角材を取る。角材を四枚の板に分割する。一枚、一枚表面を鑿で滑らかに梳り、二等分すれば長さ一尺、幅一寸木簡の完成である。

惣棟梁の一日最後の仕事は、各作事場の工程の進捗を木簡に記すことだ。西回廊、柱師二十人、人夫百三十六人。西面、内側八本目の柱建てなど、出面人数、作業内容、進捗を竹のけがき筆で書き込む。

法隆寺完工の暁には金堂や講堂に収める経典は紙巻きと聞いている。また高句麗《こうくり》からの渡来僧が、紙造り技術を皇太子にもたらしたというが、紙とはどんなものか。なにを原材料にしているのか。どうつくるのかは知らない。惣棟梁の工程日報はメチギセムも木簡に書いていた。紙は希少で貴重なものなのだ。

「カジマ、悪い知らせだが聞くか」

ずかずか入ってきたのはチェボルだった。彼だけが、カジマ惣棟梁への接し方をかえなかった。彼には通事も寺博士もない。六明は広げていた木簡を片付けた。

「あがるか」

「ここでいい」

式台に腰を下した。

「聞こう」

六明もにじり寄った。

「コンゴウ衆はおまえの下になるのは不承知だ」

「今さら、いうことか」

離れ屋にはコンゴウ衆はじめ百済人は訪れない。意図的に無視をつづけるなかで、チェボルだけが六明の世話係の娘目当てに頻繁に通っていた。今も娘の姿をさがしてキョロキョロしている。叔父が生きていた間は色目も控えていたのだが、今は遠慮はいらぬというわけだ。

「使いに出した。娘はおらん」

「そうか、それは残念だ。今、木簡を広げていたが」

「柱の継ぎ足し方を考えていた。強いほぞとほぞ穴だ」

「むだになるのに、おまえって男は」

「聞き捨て出来ぬな」

「おまえを推挙した皇太子様の手前、表だったことはできぬが、妨害を忘れたわけではない。コンゴウ衆が用いてきた継ぎ方を変えるなんて、やつらに餌を与えるようなものだ」

「なぜ知らせた。コンゴウ衆はおまえと同じ百済人だぞ」

「百済が下らぬとわかったからだ。晋請作事にとって必要なものは面目や立場じゃない、熱だ。カジマはそれを持っておる」

「おれにどうしろと」

「法隆寺の完成を一としろ。木材に邪魔な節があれば、節のところで切断する。節がまんなかにあればその材はほかすしかない」

「節はおれか。そういうことになる。おれが去ればいいのだな。法隆寺のためだ」

「そうだ、がはなしは簡単ではない。皇太子様はおまえの手で法隆寺を建てたいとお考えだ。おまえが消えたらどうなる」

「このままではなにもかわらん」

「このままで済むと思うな。事故を起こしておまえを消すかもしれぬ。愚者がどこかに火を放てば、おまえの不祥事だ」

「そこまで」

「やる。百済は下らぬ。カジマはコンゴウ衆をすでに凌駕している。コンゴウ衆のなかには、それが判っている者もいる。だが、誇りや体面があって認められないのだ。くだらねえ」

監視の目はコンゴウ衆の手の者か。疑いの最初にあっていい相手だ。しかし所詮は工人で武人ではない。工人が監視などするか。

「コンゴウ衆に間者はいるか」

「叔父はそういうことは口にしない。だがいてもおかしくない。東漢とは近いからな」

チェボルが案じ顔を見せた。東漢は蘇我配下の渡来武人だ。蘇我の舎人、警護などを一手に務める一族で間者もある。人の出入りが烈しい普請場で工人に身をやつす間者を見つけるなど不可能だ。

「実は——」

六明は監視の目があることを打ち明けた。

「それはおもろい」

細い目を見ひらいた。

「おれがあぶり出してやる。おまえは今までどおりに知らぬ顔をしていろ」

立ち去るチョボルの背に、ある種の充足を覚える六明だった。

六明の大抜擢は、百済人に妬み嫉みを抱かせてしまった。幹部連中を追従する者は不満不服を露骨に口にする。理由はひとつだ。

〝百済の血でないくせに、コンゴウ衆のあたまだと〟

不満は普請場のすべての百済人の間に広がっていく。コンゴウ衆も六明をいないものとして仕事をすすめている。六明は自分が名前だけの寺博士、惣棟梁と納得している。それが無駄なく普請を進める手段だからだ。寺博士だから、差配しようとする。惣棟梁だから現場を仕切り、普請を支配しようとする。否をとなえる者があったらじっとしていることだ。自分を殺すことに苦痛はなかった。石の里では殺し続けてきた。軋轢《あつれき》からの衝突が起きないことを願うだけだ。

そんなある日、六明は世話焼きの娘を呼び入れた。

「忙しさにかまけて、まだあなたの名を聞いておらなかった。失礼をしてしまった。気を悪くしただろうな」

「そんなことありません。気になさらないでください。名はカッタバルです」

「倭ことばでは花か。よい名だ。この土地のものか」

「生まれは浪速の難波にございます」

「経緯《いきさつ》がありそうだ。よかったら聞かせてほしい」

カッタバルは迷っているようだったが、六明がこっくりとうながすと話し始めた。

「両親が難波から飛鳥に移転しました。大工の父と兄が大臣様の嶋御屋形普請に呼ばれ、後は飛鳥寺、四天王寺、そしてこちらです。ずっと寺つくりです」

四天王寺は一度は手をつけたが、法隆寺創建が決まって中断された。四天王寺に関わったコンゴウ衆、工人が法隆寺の普請にそっくり移っていた。

「飛鳥寺、四天王寺は吾も同じだ。両親とも百済の人か」

「さようにございます」

「百済人のあなたに訊きたい。吾をどう思っている」

「なにも」

「遠慮なく申せ。なにを言っても怒らぬ。そうだこれをやろう」

皇女から礼にと贈られた白布だった。

「いただくことはできません。それでもよろしければもうしあげましょう」

「出したものをとらぬは自由だ。こちらもとらぬ、がそれとは関係ない。ぜひ聞かせてほしい」

「お若いのに立派な寺博士さまだと思っております」

「あなたは口がうまい。それにメチギセム様のお世話をしてきただけあってあたまがまわる」

「お世辞ではありません。私の知る寺博士はお年を召しておられ、威厳をお持ちでした」

メチギセムは頭脳明晰で常に冷静だった。メチギセムに対するとき、六明はいつも威圧感に圧倒された。

「吾に威厳なしか。その通りだ。周りではどうだ。親や兄弟、友だちはなんと思っておる」

「家族の考えは私とちがいます。それだけでお許しください」

「兄が大工と言ったな。腕はたしかか」

「それはもう」

「いまの作事は」

「上が柱師、下兄は木組師です」

「一度会わせてくれぬか。カッタバルこのとおりだ」

こんな展開になるとは思わなかった。突如、腕のいい若い大工と会いたいとの思いが湧いた。

自分にも思わぬことばが口から出た。

「吾の頼み、聞いてもらえればうれしい」

其の四

斑鳩から山辺道を南東に四里、三輪山の麗にあたる海石榴市《つばいち》に来ていた。

初瀬川と三輪山に挟まれた細い帯状の集落である。田園の街道筋に農夫、川漁師の粗末な小屋がまばらに並んでいる。大和最南にあたるこの地は、難波から大和川を遡ってくる船の終着地点である。さらに斑鳩、飛鳥に続く山辺道、上ツ道、山田道、初瀬道が交差する陸の要である。

道が交わり、人が出会い、物品が集まり、自然と交易市場が生まれたのだ。

六明は小角に連れられて来たことがあった。小角が市で買った山芋飴に六明はこんなうまいものがあったのかと感動した。

海石榴市までは、さすがに監視の目はついていない。小角は物部の間者だったからか、気配を消して人を追尾する技があった。自分に張りついている者にその技はない、と六明は推量している。

穏やかに流れる堀に浮かぶ巨木で水鳥が休んでいる。大寺普請に使う銘木が各地から集められているのだ。コンゴウ衆の話では、厩戸皇子は法隆寺のほかにもまだ、大寺を建てると言う。

荷を積んだ大船が通れるように川底をさらって深くし、護岸を固めて桟橋を作ったのは物部守屋だったと小角から教わった。保全を受け持つかわりに、桟橋を使う船から通舟料、着岸料を徴収した。今、市場を支配するのは蘇我馬子の次男、蝦夷《えみし》だ。

着岸地点の一郭、道の両側には商人の小屋がぽつぽつとならんでいる。小屋を持たぬ者は地べたに筵を敷いて、その上にものを並べて声をかける。筵さえなきものは、頭上に物をのせて歩き回って売る。

麻布、絹布、金物、金、銀、朱、土器に瓶、鞍、剣、槍、弓、鎧、花に炭、米、塩、野菜、山芋、魚貝類、鶏肉に玉子、獣肉、毛皮、薬草にまじって生きた蛇やまる（すっぽん）、蛙も並んでいた。あらゆる物を売り買いする人々の熱気が渦捲いている。

四間幅の道を船人、山人、公益人（商人）らが忙しく行き来している。集まる人を相手にした食い物や古着、道具屋の掘っ建て小屋もあった。獣の臓物を煮込む臭い、焼き魚の匂いが充満している。以前来たときよりはるかに繁華になっている。

路地の奥にはおんなをおいて、酒をのませるところがあった。おんなたちが街道にでてきて男を誘う。春をひさぐおんなのなかには、物部の縁者、女房娘もある。小角は戦に敗れるとはこういうことなのだと悔しがった。六明はおんなたちの誘いをすりぬけて人気がない方へと歩く。枝分かれした細い道を進む。

陽が薄雲に隠れて翳った。首筋が冷やっとした。歩を急ぐ六明の腕が後ろから引っ張られた。視線がぶつかった。

老婆。

枯れ木のようなからだにつけているのは、目にも鮮やかな紅色だ。衣だけは豪族の姫のようだ。

「倉へと参るか」

老いさらばえた姿のわりに張りのある声だ。なぜか相手の正体が判った。伊勢の神宮から蘇我兵を追い払うことができたのも、この婆がその朝、〝日輪が燃え尽きる奇跡が見られる〟と小角に告げていたからだ。物部一族が壊滅してから十六年。今さら、なにをしようとしているのか。

声をかけるも畏れ多いが、今や己は巨大普請の惣棟梁である。蛮勇をふりしぼり声にした。

「トキヨミの媼とお見受けします」

呪術だろうか。見つめられただけで、圧されているような気がする。

「急ぐに及ばぬ。ひよっこ。娘と兄は倉でまどろんどるわ」

娘、カッタバルと大工の兄か。

しわくちゃの顔が娘のような笑みに――。若い頃はさぞ美顔であったと思わせる。

「倉は物部のもの。馬子に滅ぼされた後、物部の怨霊が出ると噂がたち近づく者がおらぬ。蘇我も祟りが恐ろしゅうて打ちこわせぬ。またとない婆の塒《ねぐら》よ」

「娘が倉で兄が待っていると吾に伝えました」

カッタバルが落ち合い所を倉とした裏には婆があったのか。

「トキヨミ婆に見えぬものなどないわ。厩戸の寺づくりでは百済衆が見苦しく焦れておろう」

「なぜじゃ。媼よ、教えてくれ。厩戸皇子は百済人ではない吾をコンゴウ衆の寺博士にした」

「厩戸は隋に近づいておる」

隋。

メチギセムがよく口にしていた中国に生まれた大国だった。それまでは小さな国がいくつか鎬を削っていたが強い王が現れて、次々と滅ぼし大きなひとつの国になった。厩戸が近づいている随という国。そのことと自分が寺博士になったことに関わりがあるというのか。

「厩戸皇子は随から人を招き入れる。なにをねらってのことじゃ。考えてみよ」

随からの人。媼は吾を試している。六明は気持ちがぬめった。媼が言うとおりだ。自分はひよっこだ。世のことはなにもわからん。

「倉へ行け。ふたりは目覚めたら、おぬしの言うがままじゃ」

どういうことだ。

「不服か。婆はお節介が過ぎたか。フフフフ、ひよっこ。そんなことではコンゴウ衆にやりこめられるぞ。あれらは寺を建てるだけではない。大臣馬子は何故あやつらを優遇した。答えてみよ」

また問だ。問ぜめか。

「わからぬか。コンゴウ衆が馬子に取り入ったのよ。大臣は玉を握られたんじゃ。コンゴウ衆は掛けあい上手よ。おまえに掛けあいはできまい」

「しがらみか。吾はこうして死ぬまで物部の血に縛られるのか」

「身の程を知れ。人は過去に戻ることもできぬし、過去を追い払うこともできん。おのれはなぜ寺作りをしている」

「好きだからだ」

「なぜじゃ？　なぜ好きになった？　きっかけは？」

「見たからだ。飛鳥で馬子が建てる寺の作事を」

「だれと見た」

小角が連れて行ったのだ。あれが——、頭が真っ白になった。

「媪の筋書きか。これまでのすべてが、婆の筋書きか」

間止利の石里に置かれたのも、このためか。

「ひよっこがひとりでコンゴウ衆の上に立てたとのぼせたか」

完敗だった。物部一の巫女、齢百を超える呪術師を相手に勝てるとは思っていない。だが自分が操られていたとは思いもしなかった。目論見はいつからはじまったのか。かかさまが字や数を教えたのも、吾が寺作りの一歩か。間止利の長も知って、鑿を砥がせたか。全身がぶるぶる震える。怒りが吹き出していた。腹など立てたことがない自分がだ。

斑鳩に戻ったときは、夜の帳が下り辺りを闇に包み込んでいた。

事実からの衝撃で、六明の心が騒いだ帰路であった。惣棟梁の屋形に帰り着いても気持ちの混乱は止まず、部屋をうろうろする。

「カジマ、遅かったな。市でよきおなごに出会ったか」

チェボルだった。このような時に、と迷惑さを顔に出すがこの相手には通じない。

「媼に出会った」

「媼だと。カジマは婆に懸想したか」

「齢百をとうに越えた媼。それも巫女じゃ」

トキヨミの媼から腕をつかまれたとき、一瞬、全身に走った悍《おぞま》しさがよみがえった。

「カッタバルも今日、海石榴市に行ったな。カジマ、おぬし、示し合わせて——隅におけぬな。

ふたりはそうか」

「バカを申せ」

「どら、顔を見せろ。おれの目を見ろ」

先に視線を逃がしたのはチェボルだった。

「そうだろう。あるわけはない。あのおなごはむしろおれに傾いちょる」

得心したのかニンマリする。

「ところでカジマ、これまでに心をとどろかせたおなごはおったか」

「おらぬ」

六明はうろたえた。顔が熱くなった。

「息づかいが荒いぞ。そうまでいきりたつのがあやしいぞ、色好みめ」

「それ以上の与太は、容赦せぬぞ」

強く否定するほど、後ろめたさを覚える。ももへの背信をしているようで気持ちがとげとげしくなるのだ。

「それよりこんなに遅く、用事があったのだろう」

「おお、忘れるところだった。カジマを監視していた者の正体が見えたぞ」

「だれだ」

「石工衆だ」

思いもかけない相手だった。六明はコンゴウ衆が動かす東漢兵と見当をつけていた。石工で思い当たるのはひとつ。間止利衆だ。長か。いや間止利一族は全滅したと小角が言っていた。石工ということばだけが、するりと心の表面を滑っていく。いきなり感情がうねった。選りに選って、なぜだ、気持ちに毒づいた。トキヨミの媼の仕掛けか。

「その顔は石工に心覚えがあるようだな。この先石工をどうする」

「石工だと調べたのはだれだ」

「おれだ。カジマを見ているものがいた。尾行したら石工の作事場に入っていった」

チェボルが笑顔に自信を漲らせた。

「チェボル、おぬしを信用してよいか」

「水くさいぞ」

「その石工衆が間止利一族の者か確かめてくれ。相手に気づかれずにだ」

「間止利……聞かぬな」

チェボルが怪訝な目を向けた。

「理由は聞かないでくれ。今は言えぬ」

「言えるときに聞かせてくれればいい」

今はそこまで胸襟を開けない。チョボルは任せろと胸を叩いて、部屋から退がった。

男と男の友情。小角の次にできた仲間だ。チェボルの背中を見送りながら胸が燃えた。

その夜はトキヨミの媼、間止利、かかさま、チェボル、小角、ももといろいろな思いが次々と交差して寝付けなかった。眠っても浅い眠りで、トキヨミの媼が夢に現れて六明は魘《うな》された。

其の五

数日経った日の夜半のことだった。

チェボルが惣棟梁の宿に駆け込んできた。

「瓦がやられた」

息を切らせて言う。

「なにっ」

「割られた。山とつんだやつを」

六明は夜気と草いきれにむせながら、青い闇の野道を駆けた。瓦師たちが居住するのは寺普請場より北にあがった三井である。三井丘陵で掘った粘土から型作ったものを、台地の勾配を利用した竈で焼く。完成した瓦は野積みにしていた。小高い丘そのものが瓦造りの場であった。瓦はあちらこちらに野積みされている。それをなにものかに割られたのだ。

夜目が利く六明は半里をとぶように走った。着いたとき、松明の下で瓦師や人足が割れた瓦をより分けていた。あたりまえだが落胆している様子だった。賊はひとりふたりではない。山と積んだ瓦を崩して丁寧にたたき割っている。

　宮の屋根も萱葺きがほとんどでごく一部が瓦葺きだ。それほど貴重な瓦を法隆寺では金堂、塔、講堂、経蔵、鐘楼、回廊のすべてで使うのだ。瓦は二十枚をひと束ねにして積まれている。

「使えそうなものはよけておけ」

　だみ声を飛ばして指示する老人に六明は近づいた。

「瓦博士――」

　六明は力づけるように老人の肩に手をやった。

「カジマ惣棟梁、来てくれましたか。ごらんください。このざまを――、千枚ほどやられました」

「いつですか。気づかれたのは」

「朝は異常なかった」

　口調に悔しさが滲む。瓦をひろめようと倭人に技術を教えるために百済から呼ばれた老人だった。家族を百済におき、ひとりで海を渡ったと六明は聞いていた。

「今日は竈入れの日で総員がかりでして、その隙にこんなことに」

「怪しい者を見ませんでしたか」

「三井の池に水を汲みにくるものは大勢います。この辺りは池への通り道、池にきたものが目撃しているやも知れぬ」

「無礼を承知で伺いますが、瓦師が恨まれていたり、工人同士でのもめごとは」

「惣棟梁は瓦師が狙われたと」

「ゲシニンさがしというよりも今後のために動機がわかればと、お答えください」

瓦博士がさがしものでもするような目で、片付けをする人たちを見回した。

「この作事場にいるのは工人だ。物を作り出すことしか知らぬ工人です」

言いたいことは六明にも伝わった。物作りを命にする工人はいくら相手が憎くても、つくった物にあたることはないと言っているのだ。

「やはりそうですか」

六明がいちばん望んでいない理由。惣棟梁への嫌がらせ。

「普請の邪魔でしょう。工期を伸ばすが狙い、他になにがあります。カジマ、あんたを失脚させたい輩がいるんだ。わしの耳にも入っている」

瓦博士が目配せした。六明は博士の後について、片づけしている人たちから風下に離れた。これでふたりの話は彼らには届かない。ふたりが向き合い、微妙な間が流れた。

「惣棟梁もわかっている筈だ。あんたにはなんの罪も咎もない」

瓦博士が声を潜めて言った。

「とぼけられてますか。コンゴウ衆の腹のなかですよ」

「残念です」

「寺普請が増えている今、これまでのようにコンゴウ衆だけでは手が回らなくなっているのは百済者も気づいている。皇太子様の御勅命で、コンゴウ衆をさしおいてカジマが惣棟梁になった。皇太子様がお認めになったカジマには惣棟梁になる器量もあるどころか、やつらを凌駕している。だけどコンゴウ衆は納得しない。できないのです。コンゴウ衆をたてて支える周りがそれを許さない。そればかりかコンゴウ衆は周りの者に強さを示す必要がある。よくやっている、と周りに思わせる。そんなことが百済として一致団結するには重要なんだ。どんな形にせよ、倭国の土に広がった百済の血を衰えさせぬためには、惣棟梁に抵抗をつづけるしかない。善悪の問題ではない、血を守る戦です」

百済の血でない自分が普請場惣棟梁をしていることの弊害が、目に見える形となったのだ。

「続きますよ。逃げ道を用意してください。惣棟梁が身を滅ぼします」

「私は皇太子様に立派な伽藍をお建てしたい。ただそれだけです」

「その信条。欲のなさがコンゴウ衆を困惑させている」

見つめられていた。間止利に見つめられているような錯覚を覚える眼差しだった。瓦博士は自身に決断するように大きくうなずいたあと、言った。

「カジマ、負けるな」

「博士は百済なのに、なぜわたしに」

「目の曇らぬ百済もおるということかのう。まあ、人に惹かれることに理由は必要あるまい」

闇でも、視線に一点の曇りがないことがわかる口ぶりだった。

「なに瓦などまた焼けばよい」

「千枚焼くのにどのくらいかかりますか」

「軒丸瓦もやられた」

手にしたそれをぐいと尽きだした。直径が手いっぱいほどの円盤だが真っ二つだ。軒丸瓦とは平瓦の片側先端を円盤状にしたものだ。円盤には文様が彫られている。

「皇太子様お気に入りの八葉複弁蓮華文だ」

八葉複弁蓮華文は経の大外から順に連珠、三角紋、花弁、芯と幾段も彫りの深さを変える手の込んだ飾り瓦だ。ひとつをつくるのにそれだけ手間がかかるのだ。

「竈をつくりましょう。今よりもずっとずっと大きな竈です。必要な炭も焼きましょう。吾も手伝わせてもらいます。突貫でやりましょう」

「早いな、まるで鹿だな。カジマの走りは」

ようやく到着したチェボルが息を切らせて言った。

「チェボル、吾はしばらく瓦博士の手先に使ってもらう」

「バカを申すな。惣棟梁の見廻りはどうする」

「チェボル、代わってくれ。今から、吾の代理を命じる。吾は大きな登り竈をつくる。吾は闘う。本気で闘う。皇太子様の夢を潰すやつは許さん」

ふたりにトキヨミ媼から聞いた皇太子様の夢を聞かせた。

「これまで文化や物は百済や新羅を介して倭国に入ってくるという流れがあった。それをこれからは間を飛ばして、隋から倭国へ直でやるというのか」

「遅かれ早かれ、そうなるのはしかたないこと」

チェボルのいきり立ちを瓦博士が、諫めている。

「人が行き来し、学僧を送り、また向こうから師を呼ばれる。国と国が誼を通じる交わりだ。皇太子様は百済だ新羅だとこだわりをもたないそうだ」

「そうか。だが大臣様は百済にこだわる。意に染まぬと先の崇峻天皇《すしゅんてんのう》のようなことにも……」

チェボルが語尾を呑み込んだ。

崇峻天皇は馬子の命を受けた東漢直駒に暗殺された。その直駒も皇太后との不義を理由に死刑になった。大臣の闇についてだれひとり諫言できるものはいない。あくまでも人から人へのうわさばなしとして伝わるのだ。

コンゴウ衆のあいだでも、大臣蘇我馬子の話が出ない日はなかった。恐れとともに語られたのは権力者の非情さだった。大臣は崇峻天皇のほかにも穴穂部皇子《あなほべのみこ》、宅部皇子《やかべのみこ》の命を奪っている。物部はじめ自分に逆らう者、邪魔者はすべて排除してきたのは公然の秘密だ。この法隆寺の大伽藍を官寺とする皇太子様の意向にも異を唱えていると聞く。宮を飛鳥から斑鳩に遷すなど、大屋形を飛鳥に構える大臣を刺激し反感を招く大事だ。

物部全盛の頃より蘇我系の天皇を次々と輩出して、政《まつりごと》をほしいままにしてきたのが大臣蘇我馬子である。今のところは反目だが、遅かれ早かれふたりはぶつかり合う。だが皇太子様、厩戸皇子は人智を越えた存在だ。トキヨミの媼と同等の異能なら、目くらましや人心を操り惑わすことなど容易い。馬子の策などお見通しで、裏をかくなど苦もないことだ。いくら馬子でも他の皇子のようなわけにいくまい。


「各作事場の小頭に密かにたしかめたところ、瓦事件に心当たりがあるものはおりませんでした」

柱師小頭のクルムが報告した。

クルムは惣棟梁付の賄い娘カッタバルの兄で、六明が過日、海石榴市で会っていた。六明はクルムを使って、小頭たちに瓦事件の目撃者捜しなど派手な動きをさせてみた。そんなことでゲシニンがわかるとは思っていない。敵を刺激してみたのだ。いわば穏やかな水面に石を投げ入れて波紋を起こすようなものである。黒い魚でも頭を見せればみつけものという程度だ。

瓦事件から半月が経過した。

登り竈を雨の月前に完成させ、乾燥させることができた。惣棟梁自らが穴掘りや瓦造りに邁進し、土にまみれ汗をかいた。それを知った工人が空き時間を利用して手伝った。六明に共鳴した工人は予想外に多かった。特に目立ったのが、クルムたち小頭連中の働きだった。巡回のたびに声をかけ、小頭たちと話に興じ、工具を手に作業して築いた信頼の賜物だ。

この事件をきっかけにあらたな動きがあった。六明と小頭の間に『物造りに生きる者同士』の絆が生まれたことである。思いはひとつだ。

『立派な伽藍の完成』

前代未聞の大伽藍の普請に、誇りと意欲で挑む男たちには熱があった。熱は瓦を割った者へ向けた怒りを力に変換した結果、不可能を可能にした。小頭たちの協力が与られなければ、登り竈がここまで早く完成することはなかったのだ。

六明はそれを考えている。

瓦の遅れは、取り戻すメドがついた。考え方によっては敵に想定外の痛手を与えたことになる。各小頭は下に二十人以上の工人を束ねている。実際に汗をかき仕事をするのがこの二十人だ。つまり六明があらたまって組織作りをするまでもなく、登り竈造り、瓦焼きの現場で各小頭三十人ほどと気持ちをひとつにして身体を動かし、汗をかくことで組織が自然とできあがったのだ。六明の下に三十人の小頭、小頭の下に二〇人の工人、乗ずれば総勢六百という図になる。

これはコンゴウ衆も大臣蘇我馬子でも関与できない現場に生まれた同心である。この組織は実態を持たず、心で結ばれているため部外者には存在しないものだった。

六明はクルムを連絡係として、コンゴウ衆を通さずに各現場の小頭に指示を出す道筋をつけたのだ。妹のカッタバルは瓜実のやさしい顔つきだが、兄のクルムは岩のような顔に糸のような目だ。六明は短いつきあいのなかで、クルムが顔に似合わず物事に慎重なこと、正直で男気も強く、周りの工人から人望が厚いことを知った。六明と歳が同じというのもいい関係のもとになっている。六明はこの男に任せておけばうまくいくと信頼していた。

「惣棟梁様、この後のご指示を」

「少し待って結果をみましょう。ご苦労さまでした。すぐに戻られますか」

「それは」

「妹さんとつもる話もおありでしょう。しばらくは用がないとカッタバルに伝えてください」

「惣棟梁様――」

その日の夕刻だった。

不吉を予兆させる冷たい雨が降っていた。

密かに雨が屋根を打つ音、地に落ちる音。耳を傾ける六明にひとりの人間が浮かんだ。なりゆきがうますぎるのだ。都合のよい方に転がりすぎるのだ。見えない力が働いているとしか思えなかった。六明の頭に浮かぶのは、老婆である。

トキヨミの媼の所業か――。

「カジマ惣棟梁にお目にかかりたいという方がお見えです。おつれしてもよろしいでしょうか」

考えに耽る六明の背に、カッタバルが遠慮がちに尋ねた。

「どなたでしょう」

振り返った六明は、顔をほころばせた。

六明が惣棟梁になってからは、工人ならだれが訪ねてきてもいい。だれとでも話すという決まりを各所にふれていた。身分差にこだわるコンゴウ衆には考えられない改革だった。しかしこれまでの慣習から、惣棟梁の敷居は高いと思われ、訪れる者はいなかったのだ。

「東の国の大工衆の頭様と申しております」

「芳志殿か、お通ししてください。あと、湯をお願いします」

芳志殿。

飛鳥寺普請で六明が最初に世話になった恩人だっだ。小角のつなぎで鑿や鉋の砥ぎを任せてくれた頭だった。六明の寺造りはそこからが始まりだ。あれから十五年、その飛鳥寺も四年前には概ね完成していた。

「雨の中わざわざお出向きいただき、ご用とあらばこちらから」

濡れたからだでしゃっちょこばっている組頭を労う。

「惣棟梁様、ご機嫌麗しゅうて」

ふたりが同時に平伏した。同時に吹き出した。

「他人行儀ですよ。芳志殿は私の恩人なのですから。御達者な様子、なによりですね」

「このまま雨月に入るのですかねえ。登り窯が間に合ってよかった」

濡れたからだを遠慮して板座敷に上がらぬ組頭にならって、框《かまち》にならんで座った。カッタバルが入れた草湯を飲みながら、思い出話にひたったところで六明は訊ねた。

「なにか困ったことでもおありでしょうか」

「実は惣棟梁様に会っていただきたい人がいる」

「いつでも歓迎です。ここにおこしください」

「それが工人ではありません。それもおなごです」

「いいじゃないですか」

芳志がそれから話したこと。

組頭の小屋に近い工人が妻にふるう暴力が烈しい。放っておくと殺しかねないので、芳志たちがたびたび止めにはいっていた。それが縁で妻とことばを交わすようになった。組頭が惣棟梁の知り合いとどこで知ったのか、六明に直接、話すことがある。至急、つないでほしいとたのまれたと言うものだった。

「その姿があまりに真剣なので、こうして参りました」

「お話を聞くのはかまいませんが、芳志殿は話のなかみはご存じですか」

「なにかにおびえていて、惣棟梁様に直にお伝えする、とそればかりでして」

首を振った。六明は少し考えた。

「ここでは目立つから、いつでも都合のいいときに柱師の小頭クルムを訊ねてください。彼が吾につなぎます」

「そう伝えます。いや、伺ってよかった」

恐縮して退る背中に、また来てくださいと見送った。

おんなが伝えたいこと。

瓦事件の裏――、六明の勘が働いた。

「カッタバル、雨の中、すまないが」

兄のクルムを呼びに走らせた。


三日後だった。

深更《しんこう》の闇に紛れて、六明はクルムの小屋に急いだ。

つけられている。六明は立木の影に隠れた。尾行者が気づかずに六明の前を通り過ぎていく。

チェボル――。

チェボルをまいたことを慥めてから、クルムの小屋に向かった。

灯明の暗い小屋で、おんなは緊張していた。

光のない目を一瞬だけ六明に向けて伏せた。やせ衰えて見るからに不幸そうなおんなだった。

六明はクルムに言って、温かい湯を用意させた。

「これを飲んでおちついてください」

六明がクルムを目で下がらせて、おんなに椀を持たせた。細い腕に青あざが目立った。

「傷はいたみませんか。骨はだいじょうぶですか」

首を横にふった。

「カジマ六明です。吾に用があるそうですね。楽にしてください。遠慮は無用です。飲んで――」

おんながこっくりうなずく。そして湯を飲んだ。

「傷に関係あることですか」

おんなが照れて微笑んだ。六明の気持ちが通じたのだろう。おんなは青あざで腫れた顔を隠すこともなく、重い口を徐々に開いた。

「厠に行ったときに、偶然、話を聞いてしまいました。瓦師をやっつけるというようなことを」

「だれの声でした」

「ひとりは」

おんなは言いにくそうに唇を噛んだ。

「良人ですね」

首をたてに振った。聞けば小屋の裏に流れる小川が厠だった。

風にのって闇の中で男ふたりが話す声が聞こえた。夫がよからぬことへの加担を強いられていると感じた。おんなはつっかえつっかえそのようなことを話した。

「その人に借りがあって、断れないみたいでした」

「ご主人はなんの工人ですか」

「石工です」

六明は頬がこわばった。偶然ではあるまい、石工衆とは——。

「声はふたりでしたか」

「と思います」

「もうひとりの声に聞き覚えは」

おんなは首を振った。

「ふたりは倭ことばで」

「ハイ」

「ありがとうございました。よく話してくれました。あなたの思い切りに感謝します。ご主人が目覚めるまえに戻られたほうがいいでしょう」

六明はクルムにおんなを送っていくように命じた。小屋を出がけにおんなが振り返った。

「惣棟梁様、うちのは罰せられるでしょうか」

六明は返事に窮した。

「調べ次第です。ただあなたの悪いようにはしません」

だいじょうぶとうなずいて見せる。


六明は夫婦というものがわからない。顔と腕――、ひどい傷だった。からだだけではなく心にも深い傷を負っているだろう。殴られ、蹴飛ばされて夫に恨みはないのか。おんなの話は真実か。夫に濡れ衣を着せ罪に落とすことで、暴力から逃れるという企みもある。おんなのことばを真に受けるうかつはさけねばならぬ。六明は気持ちの先走りに制御をかけた。

おんなを送っていったクルムが息を切らせて戻った。顔が青ざめて尋常ではない。

「惣棟梁、たいへんです」

「どうしました」

「おんなの良人《やや》が殺られました」

クルムとおんなは途中、走っていく男とすれ違った。クルムは深夜だっただけに、不自然さを覚えた。おんなの掘っ立て小屋の前で、クルムは引き返した。クルムに礼を言ったおんなが小屋に入った途端に、悲鳴があがった。なにごととクルムも小屋に入った。男は筵に仰向きで寝ているところを喉を突かれていた。とクルムが報告した。

口封じ――、おのれ、そこまで卑劣かっ！

六明は手にしていた湯の碗を土間にたたきつけた。


翌朝、六明は迹見赤檮を尋ねて事件を報告した。女から聞いたことも残らず伝えた。事件の取り調べは迹見たち舎人の任だ。六明は迹見についておんなの掘っ立て小屋に向かった。小屋の中はクルムが目撃したまま保存されていた。

「惣棟梁は仕事に戻ってください」

迹見が追い払うように言った。

其の六

雨の月。

来る日も来る日も終日水底にあって普請は進まない。工人は雨もりのひどい小屋で鬱積し意気消沈する。蒸し暑さは人を疲れさせる。そんななかで六明は工人を無理に動かす考えはなかった。無理をして事故が起きたら元も子もないという思いがあったのだ。そのことがコンゴウ衆の反感を煽ったが、それからは、気持ちがわるいほど何ごともなく日時は進んだ。

梅雨晴れのある日、暁光が雨を吸った木材から湿気をあぶり出すなかで、法隆寺惣棟梁の六明は厩戸皇子から呼び出された。厩戸皇子に対面する心構えもできず六明は式服で気を昂ぶらせていた。我ながらからだを不自然にこわばらせ、使いの迹見赤檮の大きな背中に続いた。ぬかるんだ道は歩きにくく、式服を汚さぬか、泥はねがつかぬかと気を配った。

法隆寺の完成は厩戸皇子が三十五歳となる推古十五年と決めていると聞いていた。六明の算用では塔の完成までも入れたら間に合わない。飛鳥寺でも完成まで大凡《おおよそ》十年かかっている。外観すべて彩色となればいつのことになるか。工期短縮の策を工夫せよとの直言。皇太子が自分を呼び出す理由で、それ以外は浮かばなかった。

メチギセムは厩戸皇子を御仏のようなお方と評した。また小角は人智を越えた鬼と畏れた。間者を見抜かれ皇子の呪術によって、瑪瑙の中に閉じ込められたとそのときの恐怖を六明に話した。人智を越える人間で、六明が出会ったのは物部巫女のトキヨミだ。厩戸皇子といずれが人間離れしているかは知らぬ、がそんな男からの呼び出しゆえ緊張ははげしかった。

厩戸皇子が執務するのは、推古天皇がおわす小懇田宮《おはりだのみや》である。宮に向かうのかと思ったが、迹見赤檮が案内したのは法隆寺とは指呼の矢田丘の豪族膳部《かしわべ》氏の屋形だった。

膳部氏末娘、菩岐岐美郎女《ほききみのいらつめ》のもとへ厩戸皇子は通っているのだ。そのため屋形は皇太子の別邸の如く使われ、雨つづきというのにどこもかしこも磨き込まれている。中庭に射しこむ日射しの下を着飾った官女、官員が行き交うさまを見て、六明は場違いさを実感し萎縮した。

六明は迹見赤檮の指示にならい高床の階段を上がり、回廊に畏まる。

高殿奥間は凛とした静謐が保たれていた。

「佐富皇女様、お成りぃ」

ひな壇に座ったのは、侍女を引き連れた皇女《ひめみこ》だった。奥のひな壇と回廊に畏まる六明との間は十間ほど離れている。

「済まぬ。皇太子様はやんごとなき用事が生じ、カジマとは会えなくなった。カジマとお話ができぬこと残念がっておりました。兄様より私が代役をおおせつかった。ゆるりとしてたもれ」

叩頭《こうとう》し、逡巡する六明を皇女が囃す。

「廊下などに、さ、もそっと中に。遠慮はいらぬぞ。ゆるりと」

六明は膝行して部屋のとば口で平伏する。

「面をあげ。カジマが健勝か知りたい」

六明は言われるままに面をあげた。

視線が合った。皇女がにこりとした。

「たまさか命の恩人にこうして会い、礼を申すことができる。またとない機会になった。おかげでこのとおりじゃ。兄様に普請場行は禁じられたがの。メチギセムは残念だった。冥福を祈ろう」

「皇女様に悼んでいただければ、惣棟梁様も草葉の陰で安らかなことでしょう」

「それならよいが。――それにしてもカジマは立派な惣棟梁になられた」

ことばに真意と親しみがあった。

「あの場で聞きたいことがあったのじゃが、この場でよろしいか」

「なんなりと」

「塔は地からそびえる。なぜ傾かずにまっすぐ立つのだ」

未だ皇女の塔普請への関心は薄れない。興味深さを象徴する問だった。あの日から皇女の頭で疑問がつづいていた、それを思うと皇女への愛しさがこみ上げる。あの事故が起きなければ、メチギセムに尋ねたであろう。メチギセムだったらこのような答えであったろうと思うところを口にした。

「角柱を真っ直ぐに立てることをお考えください。柱のてっぺんに矩尺をおきます。外面から突き出た矩尺で、ちょうど一尺のところから鉄釘をつけた糸を垂らします。柱がどれだけ長くても糸はまっすぐ、柱てっぺんの外面から一尺にたれます。地に接する釘の先端と地に接する柱外面との間を測ります。一尺でなければ、柱を叩き、釘の先端が接地した間が一尺になるように修正します」

「おお、わかるぞ。上と下、ともに糸と柱の間が同じならまっすぐということだな。なるほどな、それを大きくしたものが塔というわけか。カジマの教えはわかりやすい。その方たちはわかったか。糸でたらした釘の先端じゃ」

訊ねられた侍女たちが曖昧な反応をした。

「カジマ、この者たちは寺に興味を持たぬ。許せ」

「めっそうもございません。皇女様のお気持ちだけで、工人みなの励みにございます」

おんな衆で寺造りに興味を持つほうが土台おかしいのだ。だがそんな皇女がうれしかった。

「また寺造りで疑問が生じたら、カジマがこうして教えてくれるか」

「やつがれですむことでしたら、いつでも」

「その方たちも聞いたな。カジマと約束を交わしたぞ」

侍女たちが困惑を露わにした。

「しょうのない者たちじゃ。規則と仕来りにギスギスして、吾のやることなすこと気にそまぬのじゃ。少しは兄様を見習って欲しい。カジマ、兄様が吾を代役とするわけがふるっておる。国を統べる天皇がおんななのだから、皇太子の代理もおんなでよいと乱暴をおっしゃる。私を推古天皇様と並べる乱暴がもうおかしゅうて、おかしゅうて」

袖で口元を隠され、花のつぼみが開くような笑い声。

「遠慮のう愉しんでたもれ」

袖をはずした皇女からこぼれるような笑みが返ってきた。

侍女が酒と料理を運び入れた。膳を六明の前に置き、膳をはさむようにしてふたりが座った。女に挟まれ、艶めかしさと畏れおおさに六明は気詰まりになった。

「見れば見るほど、カジマは兄様に似ておる。とくにその目鼻立ちなどどうり二つじゃ。近頃の兄様は、高句麗の坊様より贈られた数珠を首からはなさぬが。カジマもどうじゃ」

六明は応答に窮し、面を伏せた。

「いや、目の映りだけではない。無闇と己の感情を露わにせぬところも兄様のようじゃ」

「お戯れでも血の気が引くようなことをおっしゃってはいけませぬ。やつがれが罰せられるのは厭いません、が皇女さまに大事があれば」

「面をあげと申すに。もそっとくつろげ。手もあげてじゃ」

言われたとおりに、両手を太腿においた。

「それでよい。凜々しいのう。カジマは変わったな」

「さようでございますか」

「いつのまにか大人物らしさが生まれておる。韜晦なところも残るが佳きことじゃ」

自分を見る者などひとりもいなかった。王女がそうまで自分に気遣っていたことを知り目頭が熱くなった。その一方でこの人は余計者に生まれると言うことを知らない。今、自分はと、告白したら皇女の態度は変わる。自分を蔑み、拒絶するはずとひねくれた感情がかすめた。

皇女が目で侍女に六明の杯に酒を注がす。

「不調法でいただけません」

「さみしいことを申すでない。命の恩人への礼の膳じゃ。受けてもらわなければ、おんなの吾の立つ瀬がない」

それが合図のように侍女が退がった。人払いされて部屋には皇女と六明のふたり。六明に気まずさが覆い被さる。生まれてきてはいけない自分、余計者が貴き姫君と向き合っていること自体があってはならぬことだ。

「酔うもゆるすぞ。介抱いたすゆえ、さあ、杯をあけてたもれ」

身分の高さを誇示する嫌みな無理強いではない。客を愉しませることに懸命なのだ。儀礼的にも飲まなければならない状況だ。強い視線に圧されてもいる。

「では一口だけ」

酒を口にふくんだ。液が舌を刺し、口内に溢れ、匂いと味が鼻から抜ける。吐き出したいのを目をつむり喉の奥に流し込む。喉が焼けるようで咳き込んだ。

「ご無礼をお許しください」

「そのような顔で御酒を飲む者、はじめてだ」

手を叩き、笑った。嘲笑ではない。むしろ温かい人柄からの明るさだ。

「いまいちど、あの顔を見せて欲しい」

杯を飲み干した。

「それで寛恕《かんじょ》いたそう」

「お情けありがたくちょうだいいたします」

心底ほっとした。もういっぱい飲めば目が回り、醜態をさらすことになっただろう。

「カジマはまっすぐな人だ」

「未熟なだけです」

「未熟ね。出された御酒をあんな顔で飲む者はおらぬわ」

「自分を隠すことができないひよっこと言われました」

「まあ、どなたに」

「百を越えた媼です」

「媼――、吾もお目にかかりたい」

「おすすめしません」

「吾にはなんという」

「恐ろしくて言えません」

「まあ、カジマが戯れを――」

大きな目をくりくりさせた。そして吹き出した。

「申し訳ありません。浮かれてはしゃいでしまいました」

非礼を詫び、酒でゆるんだ気持ちを引き締めた。

「思いちがいじゃ。吾はうれしいのじゃ。いけない。いけない。カジマと一緒にいるとだいじなことを忘れてしまう。では兄様の代理をいたそう。楽にして聞いてほしい」

六明は緊張の面持ちで皇女のことばを待った。

「存じておろうが百済人でもないカジマを、コンゴウ衆の寺博士に推したのは兄様、皇太子様」

「いろいろお心づかいをいただきながら、ご期待に充分お応えできているか、やつがれ、申し訳なく思っております」

いつも胸にある本心だ。皇太子様はなぜ、自分を身びいきされるのか。口が渇いてしかたなく、つばを飲んだ。

「兄様は身分の上下にかかわらず、能力のある者には適した役に就ける。そういう定めを制定したいとお考えです。カジマの件はその試しのひとつ。兄様は都をこの風光良き斑鳩に移されることや、随の国に人を送り、国と国の誼を通じることなどさまざまな政の変革をお考えです。だからカジマがしくじることとあれば、兄様の企てに翳りが出ます。兄様は法隆寺普請で見通しを心配されておられる」

「私の力不足で皇太子様がご憂《うれ》いを――、申し訳ございません」

「兄様はカジマをせめているのではない。兄様も吾もカジマという人間を熟知しておる。かような謙遜《けんそん》は無用ぞ」

やさしく微笑んでいる。

「カジマは幸運だけで、今の地位に登ったのではあるまい。自分を律して努力を重ねた結果じゃ。兄様はカジマを臥薪嘗胆《がしんしょうたん》の男と讃えている」

「もったいなきお囃しにあずかりカジマ、ことばもありません」

「もちろん、天賦の才も兄様は見ておられる。兄様に足りぬものをカジマはもっているそうじゃ。なんのことかわかるか」

「きっとお戯れかと」

それほどの皇太子様でも、自分がトキヨミの媼の目に見えない糸に操られていることまでは見ていない。それを思うと後ろめたさをおぼえるのだった。

「兄様がお宮に呼び出す大工は後にも先にもカジマひとりだ。その理由を兄様にうかがった。答えはな、カジマが不可能を可能にする男だそうだ」

じっとしていられないほど、胸の内が滾った。

「カジマは東国の出身と聞いた。そこで訊くのだが、東国にはカジマのような大工巧者がほかにもおるか。兄様は仏法を広めるために伽藍をあと十はつくられる。カジマのような匠をあと二、三人ほしいとのおねだりじゃ」

頭が混乱した。

小角に言われたまま出生を偽った結果がこれだ。寺造りに関わりたい一心で偽った出自だ。後ろめたさから胸が灼けた。小角は生まれ変わったといったが、そんな簡単なものではない。東の大工どころか、六明が知るのはアオカミ島の里と小角について歩いたところだけだ。なぜこのようなことになる。自分は東国の出ではない。

「東国の都毛国はどうだ。大きな都と聞くが、鹿島の地とは近いか」

ここで嘘をつく気など毛頭ない。酒のせいばかりでない動悸の暴れ。こめかみにドクッ、ドクッ流れる血、神経が歪み視界がぼやける。からだが熱く小刻みな震えを止められない。自分はどうなってしまったのだ。

「カジマ、いかがした」

皇女が座を立ち歩み寄る。ぼやける視界に皇女が大きくなった。こちらの動揺を酒のせいと勘違いされている。六明の心が痛んだ。胸の奥で血が泣き叫んでいる。このようなことははじめてだった。自分のからだなのに制御ができなくなっていた。なにが起こっているのか、ただ恐かった。そして寺造りにかかわりたい一心で、経歴を偽った罪悪感に押しつぶされていた。

「そのように青い顔、脂汗ではないか。酒か、無理をさせてしまった。私が悪かった。今日のところは帰って休むがよい。たれか、早う」

退いていた侍女がぞろぞろ駆けつけた。皇女が侍女に指図する。

「赤檮に送らせよ。懇ろにな」

六明は侍女の手を借りて立ち上がった。

「醜態をお見せいたしました」

「気にするでない。悪いのは私だ。東国のことはまたの機会にいたそう。大事にいたせよ」

六明の顔を、皇女の色白の顔がのぞき込む。

だれもが自分を東国の大工と思っている。今さら、物部の余計者などと明かせるものではない。

疚しさがさらに積る。からだの震えが止められない。

「カジマは東国の出身と聞いた。カジマは東国、カジマは東国、東国、東国」

頭の奥で、皇女のことばがこだましていた。

井戸でからだを清めたが、己への不快感は納まらない。強烈な吐き気とめまいが間隔をあけてよみがえる。間止利の里が恋しくなるなんて自分はどうしたのだ。懐かしむ思い出などひとつもなかった。かかさまから捨てられた。それからは奴卑並だった。感情をたかぶらせたまま、宿にもどると土間の隅に立てかけてあった鉞に目がとまった。柄を握った。手になじんだ感覚がよみがえる。ぎゅっと握ると気持ちが落ちつく。狩衣を脱いで、上半身裸になる。

すっかり暮れた外に出る。

北の山の連なりが黒く影をつくっている。夜気が素肌に心地よい。

ぬかるみを踏みしめ、ふりかぶり鉞を構える。

目を閉じ、静止する。ゆっくりと鼻から息を吸い、さらにゆっくりと口から息を吐く。その呼吸をくり返す。

風は静謐《せいひつ》だ。

長の教えはからだにしみこんでいる。腹に気を溜める。身体の芯が熱い。頭はすーっと冷える
「イエーッ！」裂帛《れっぱく》の気合いで打ち下ろす。

三百回を超す。素振りを源にした汗が噴き出し、滝のように流れる。汗となった酒毒の滴が落ちて地に小さな水たまりができる。五百を越える。昔、覚え込んだ動きがからだによみがえる。

筋肉のひとつひとつ、内臓までが里にいた頃へと戻る。千回に達し無の境地に至る。

「二、三人は殺ってるな。ただの大工とは思わなかったが、おまえという男はどこまで奥を持つ」

呆れた様子のチェボルだった。見られてはいけないところを目撃され羞恥を覚えた。そのせいだろうか口調に剣を含んでいた。

「なにか用か」

「とくだんの用ではないが、上が喧《やかま》しゅうてな。皇太子様に謁見したカジマをやっかんどる。いろいろ気になるのだろう。カジマに比べれば、コンゴウ衆は凡小だ。カジマが皇太子様となにを話したか気になって飯も喉に通らん。で皇太子様はいや摂政様はカジマになにをご下命された」

「なにも」

「なにもはないだろ、わざわざお呼びに成られてなにもか。水臭いぞ」

チェボルが六明の口もとを見つめている。六明はぶっきらぼうにつづけた。

「お待ちしたが皇太子様のご都合で、拝謁は延期になった」

チェボルが疑わしそうな目をした。六明はこの話は終わりだというように大げさに頷いた。

「間違いないな、——わかった」

目元が笑わないチェボルは背中を丸めて、道の向かいのコンゴウ衆の屋形に戻った。

六明はあえて、佐富皇女と話したことにはふれなかった。自分の胸に秘めておくほうがよい、との咄嗟の思いに従ったのだ。邪魔が入って、素振りをする気分ではなくなっていた。


翌朝のことである。

六明が朝靄の湧く井戸端にかがみこんで顔を洗っていると、背後に人の気配を感じた。

「カジマ、振り返らずに聞け」

口調をつくっているが喉がひしゃげたようなかすれ声に聞き覚えがあった。

「昔、雄略天皇の頃だ。天皇はある棟梁に高殿造りをお命じになった。棟梁は造営中の高殿に登って仕事をした。そのうち下の景色を見て、自分は空をゆく鳥のようだと思い、高殿の四面を走った。まさに飛ぶようだったから、やめられなくなって走りつづけた。下を通りかかった采女《うねめ》がそれを仰ぎ見た。棟梁があまりに身軽に走るのを見ているうちに気を失って倒れ、手から膳を落とした。棟梁が女によからぬことをしたと疑った天皇は、棟梁を処刑しろと刑罰を担当する物部に命じられた。わかるな、――おまえに死んで欲しくない」

独特の声の主が立ち去る気配がした。皇女に近づくなという赤檮らしい婉曲な警告だ。六明にそのような大それた思いはない。だが他人の目にはふたりは親密に映るということだ。げんに迹見にはそう見えたのだ。迹見に言われるまでもなく、六明にとって皇女はただ貴き宮人でしかない。それよりも物部の名前を出したことだ。故事の趣旨を語るのに物部という必要はない。

なぜだ――。

其の七

夏の朝だった。

朝から傍若無人の日射しが普請場を炙っていた。朝餉を済ませた六明は巡視の備えをしていた。

「迹見舎人長様が、おこしです」

カッタバルの背後から、大男がぬっと顔をだした。

「ご用があれば私の方から——」

恐縮する六明に、気安い笑顔で、

「気にすることはない。途中、立ち寄ったまで。なにもいらぬぞ」

迹見は框に腰かける。人の心を射抜く鋭い眼で物珍し気に部屋を見回した。迹見から皇女に近づくなとの警告を受けたのは梅雨の終わりごろだった。此度はなにかと六明は身を固くした。

「メチギセムが使っていた頃のままか。部屋まで堅苦しいと思ったが、主がかわったら部屋から角がとれている」

六明は対面し、畏まって座った。

「暑い日がつづいているが、惣棟梁に変わりはないか」

「身体だけは頑丈なたちでして、お気遣いありがとうぞんじます」

「左様か、それならよいが、佐富皇女が惣棟梁のその後を案じておられる」

「いや参りました。皇女様には、やつがれごときにもったいなきご配慮、すっかり快復したとお伝えください」

「そういたそう。ところで」

やっと本題に入ったなと六明は身構える。

「いろいろ訊いて回ってな。今回、調べでわかったことがある」

その口調に六明が顔を曇らせた。

「案ずることではない。工人、特に小頭など若い者は惣棟梁を大層慕っておる」

六明の気持ちに、ポッと火が灯った。

「惣棟梁の人柄だ。登り竈つくりでは大活躍だったそうだな」

六明は照れ笑いを押し隠して、カッタバルが入れてきた湯を勧めた。

「瓦事件を惣棟梁は隠したな」

迹見の口調が六明を責めるものにかわった。

「隠すなど、そのようなつもりは」

「もうとうなかった。だが儂に報せなかった。隠したんだろ」

気持ちを抑えた話し方から、巨漢の圧に押される。

「大げさにして、普請場が混乱するのをさけたかったからです」

「それだけかね」

迹見は膝においていた手で、顎にたれた髭をしごく。

「惣棟梁は普請場の不祥事を皇太子様に知られたくなかった。皇太子様に憂いをかけたくないという慮《おもんぱか》りの純粋さからだ。遅れは取り返せばいい、と先走った」

同意を求めるように、間をおいてから続けた。

「せめておんなが会いたいと言ってきたときに報せてくれれば、あの男を死なせずに済んだ」

「おことばどおり、吾の落ち度でした」

六明の本音だ。自分が迹見に伝えていれば、舎人たちが素早く行動して、あの男は捕縛されることはあっても口封じに殺されることはなかった。瓦事件も解決していただろう。だが事件が大事になり騒ぎが大きくなること。それが敵の狙いのひとつと考えた六明は小火《ぼや》の内に火を消して、なかったことにしたかったのだ。おんなの密告があったところで、六明の手にはあまることになっていたのだ。そこを読み違えていた、と反省をしていた。

「殺された男は使い捨ての下働き。生きていては自分らまでたぐられると思う質の良くないのが普請場に入り込んでいるようだ。次からはどんな些細なことでも、普請場に起きたことは報せてくれ。皇太子様の寺だからな。これは指図だ。守っていただく」

六明は黙って頷いた。

迹見がこれまでの調べた経緯を簡単に聞かせる。

迹見はおんなとクルムがすれ違った男が事件に関与していると疑い、聞いて回っている。ここまでのところ、夜中ということもあってクルムとおんな以外に目撃者が現れない。又被害者の石工が属する衆をしらみつぶしに調べたが、もともと仲間からの嫌われ者で、彼をよく言う者がいない。

「ふたりがすれちがったという人影はほんとうか。影がなかったら、犯人はクルムか女ということも考えられる。クルムの話を信じれば、おんながひと仕事すませた足で惣棟梁に会っていたという考えが腑に落ちる」

「あの女はそんなふうには見えなかった。クルムは嘘を言うような男ではありません」

「そう向きになるな。疑ってみればだ。まあ、今日のところはなにもわからないということだ」

豪快に笑い腰を上げた。

「思い通りに寺ができるなどただの幻想だ。これからもっともっと困難がつきまとう。儂は惣棟梁の手助けができるとうれしいんだ。なんでも言ってくれ」

そういうと顔をくしゃくしゃにして笑った。

「迹見様っ！　ありがとうございます」

六明はカッタバルと外まで見送りにでた。外には迹見の配下三人が待っていた。皆が迹見に劣らぬ巨漢だ。迹見は三人に声をかけた。三人が立ったままで六明に深く礼をした。六明も礼を返した。迹見を先頭に南門をくぐり普請場に入っていった。六明は舎人たちの後ろ姿に深く頭を下げた。

迹見と入れ替わるように、チェボルがあらわれた。

「迹見舎人長がお見えだったな」

落ち着きなく、キョロキョロ見回す挙措《きょそ》に違和感を覚えた。

「お調べの途中立ち寄られた。上がりもしない」

準備を終えた六明が土間に降りた。

「なにかお調べが進展したのか」

六明は首を振った。チェボルの目に疑念が浮かび、消えた。あの夜以来、六明はチェボルとの間のなにかが微妙にかわったと感じていた。石工が殺された夜、密告するおんなに会いに行く六明を、チェボルはなぜ隠れてつけてきたのか。歯につまった食べ滓のように、忘れた頃に気になることだった。

「今朝は回廊から回ろう」

六明の巡視は現場を見廻り、工人たちと気軽にしゃべり困ったこと、問題がないかを訊き出すことが主だった。問題があったときは、一緒になって考えて解決するのだ。

回廊は寺の敷地を囲む塀である。敷地内を南門から北に釈迦の骨を祀る五層塔、寺本尊の仏像の住まいとなる金堂、僧が学び暮らす講堂と三つの建物が一列に並ぶ予定だ。回廊は屋根がついた片側壁で正面の南大門から左右にぐるっと周り一番奥の講堂につながるまで延びる。現在は資材、部材の受け入れのために、北側と西側の半分が手つかずになっている。

おんなに会ってくれと言ってきた芳志の現場が回廊だった。芳志は三人の小頭を抱える組頭だ。芳志組は東側の回廊が持ち場だ。

「その後、おんなはどうしていますか」

六明は回廊の巡視を早めに切り上げ、芳志と立ち話をつづけた。チェボルは西側の柱建てに立ち会わせていた。

「ご存じではありませんでしたか。あの小屋には恐くて住めないと知り合いの小屋に移りました。まあもっともでしょう。男だってぞっとしません」

あの晩、女が噤《つぐ》んでいた口を開きはじめたときを思い出していた。決心を滲ませ、六明を見つめた瞳だ。六明は血の腥《なまぐさ》さが充満していた小屋を思い浮かべた。たしかにあの小屋におんなひとりで住まうのは気色悪い。六明が使う惣棟梁の住居兼執務室は南大門の右手前にあたる。宿の裏に小さなせせらぎが流れている。四間道路を挟み向いにコンゴウ衆の屋敷。通事だった六明はここで寝起きをした。このふたつの建物は茅で葺いた屋根を持つ屋形だ。明かりとり窓も蔀もある本式舎宅だ。工人が暮らす小屋は講堂予定地裏の丘に扇形に広がって並んでいる。手前は独り者や奴卑が使う大人数用の小屋だ。筵《むしろ》で大勢が雑魚寝する。家族や夫婦者は北側に掘っ立て小屋を建てている。独身でも頭や小頭は小屋を建てる。クルムも独身だが、扇の左中程に小屋をもっていた。その辺りが柱師の縄張りだった。事件があったおんなの小屋は扇の右の先端あたりになる。

日輪が天心に昇る頃、巡視が終わる。

中門の左にある井戸で手足を洗い、汗を流す。濡らした布で首筋をぬぐう。巡視での緊張がほぐれていく。これまでのところ、問題となる作事の遅れはない。メチギセムが惣棟梁だったときは午前の巡視が終わると、コンゴウ衆が集まっては各持ち場の工程や予定を確認した。六明の下につくのが不満のコンゴウ衆はよりつかなくなった。六明は巡視のときも、各現場の小頭に声をかけてきた。それだけで工程の進捗を把握するには十分だ。

六明と一緒に惣棟梁の宿に戻ったチョボルが何気ないそぶりで、

「東国の頭とべったりだったな。故郷を懐かしむって柄じゃないだろう」

案の定だ。理由をつけては六明に張りついていることが多いのは事件の吟味が気になるのだ。

「目新しいことでもあったのか」

「いや」

「うそがへただな」

「芳志組頭は恩人だ。そのころの話をしていた」

「必死だな。惣棟梁様」

「メチギセム様の前にお世話になったお方だ。おぬしに関係ない」

「ほら顔色が赤くなった。まあいい、時期がきたら話してくれ」

上がり框まで来たところで反転すると、日射しの外へ出て行った。

夕餉を済ませた六明は、鑿を砥石に滑らせ、事件の裏にあるものへの考えにふける、六明のやりかただ。法隆寺は皇太子厩戸皇子が父の用明天皇を追善するために建立する寺である。自分は奇跡的な成行きから惣棟梁になってしまった。自分を大抜擢したのが皇太子である。その人事に不平、不満を持つのが百済勢のコンゴウ衆だ。コンゴウ衆はもともと大臣蘇我馬子の私寺飛鳥寺の建立のために百済から呼ばれた寺造りの専門集団だ。大臣は皇太子が斑鳩という自分の目が届きにくい地に大伽藍を建立することを歓迎しない。むしろ中断したい。ところが皇太子は浪速の四天王寺普請を中途で止めて、法隆寺の普請を優先している。

いや待て……、大臣蘇我馬子と皇太子様との確執がカジマ六明惣棟梁を生んだのでは……。馬子が呼び寄せたコンゴウ衆を軽視するのは馬子への面当て、ということも考えられる。馬子は面子を潰されて黙っている筈がない。

此度の普請への邪魔には六明の惣棟梁への不満と、大臣の皇太子の寺造りに反対するふたつの源があるのだ。瓦破損につづき口封じの殺人という荒事は大臣手の者の仕業か。コンゴウ衆は工匠の集まりだ。人を殺めるには躊躇《ちゅうちょ》がある。武人は手を血で汚すことなど頓着しない。砥石と向き合い没頭すると時を忘れる。

「なにをさせてもさまになる人だ」

まんざらでもない口ぶりに顔をあげる。チェボルが六明の砥ぎ姿に見とれていた。

「チェボルの鑿も砥ごうか」

「おれをかいかぶるな。道具なんざあひとつもない」

「とんだコンゴウ衆だ」

再び砥ぐ手を動かす。

「世も末か。だからコンゴウ衆のなかにいると肩身がせまくってしかたない。メチギセムがいない今、なんでここにいるって目で見やがる。とっとと百済に帰れって言いたくてしかたないってところだ。ここにいりびたっているのもお気に召さないようだ」

「愚痴をこぼしにきたのか」

「いや、情報収集だ」

「ほう」

「コンゴウ衆の注文でね」

六明が笑みを向けると、チェボルの目がこれはほんとうだと訴えている。

「あんたは東国の人間じゃないと言いふらすやつがいるそうだ」

チェボルが表情をかえずにぽつりと言った。

小角と別れて以来、東国出身のカジマ六明で生きてきた。小角から事情を聞いたなら、芳志は六明が物部の余計者と知っている、だが小角は饒舌ではない。先だっての失態を見た佐富王女の侍女たちは、六明の醜態を酒に酔ってのことと思っている。いったいだれが秘密を知っているのだ。めまぐるしく思いをめぐらす六明の耳に王女の澄んだ声がよみがえった。

〝カジマは東国の出身——、皇太子様がカジマのような東国の工人をおねだりしている〟

「どうした、——つまらぬことだ。気にすることたあない。だが面倒なことにつまらないことを騒ぎ立てるやつもいる。なんたってあんたは皇太子様お気に入りの惣棟梁だからな」

「思わせぶりな物言いだな」

「杞憂におわればいいと思っているさ。ともだちだからな」

あながち嘘とも言えぬ口ぶりだ。

「情報収集は終了か」

「あんたの反応で充分に集まったよ。じゃ、おやすみ」

六明を混乱させ、あらわな冷笑を残してチェボルは退った。動揺を見抜かれたか。それをどう解釈したかが問題だ。

人の出自はそれほどに重いことか。

奴卑で生まれた者は、死ぬまで奴卑だ。その子どもも孫も奴卑だ。主人から家畜以下の扱いを受け、ひどい生活を強いられる。比較的開けたこの現場でも、工人の手元や力仕事だけ。道具ひとつ自分のものはない。奴卑というが元を正せば戦に敗れた側にいた権力者の関係者だ。物部のおんなも市で身をひさぎ生き延びている。戦前は屋形でくらしていたものたちだ。戦に敗れただけで穢れを持つと嫌われる。自分が物部、それも奴卑並だったと公言したらなにが起きるのか。

チェボルは噂だと言ったが、噂の出所はどこか。

噂。

六明が東国のさる豪族の縁者だという噂が普請場にあふれたのは惣棟梁になった当時だ。人の考えなんて、その程度ということだ。ジタバタするのがいちばんの悪手だ。砥石と水を入れた陶器を片付け、鑿は刃に布を捲きしまった。

神聖な気持ちで北西の壁に向いた。昼間の活気が嘘のように鎮まりかえる法隆寺。その先の丘には厩戸皇子の仮宮がある。さらにその先が崇峻天皇の墳墓だ。それが今の斑鳩だ。物部の余計者が惣棟梁だとなにがかわるのか。六明には答えがだせぬことだった。

鉞を手に外に出た。素振りが百を超えたころにうっすらと汗が滲んでくる。

困難じゃない普請なんてない。だから普請は愉しくて、おもしろい。六明は気づいた。皇太子は六明に困難を与えたのだと。


斑鳩に夏が来てから、寝苦しい夜がつづいていた。

六明は違和感に目覚めた。人の気配があった。

闇におんなが匂った。

寝ぼけ眼を室内にこらす。

明け前の薄闇に、そこだけ黒く座した後ろ姿が影になっている。

おんなだった。

おんなはぐるっと首を回し傾けた。肩で髪がふわりと揺れた。結び束ねていた髪をほどいたのだ。それを確かめるように右手を後ろに回すと、二、三度、髪を押さえた。

おんなが座ったままくるりとこちらを向いた。おぼろに白い顔が浮かぶ。着物を肩から滑らせた。動きにぎこちなさがあった。おんなが素肌をあらわに膝行《しっこう》し、仰臥する六明に近づく。

闇に艶めかしいおんなの匂いが濃く迫った。六明は声が出せずにいた。

なぜ、訝《いぶか》しさを覚えながらきつく目を閉じた。おんなの緊張が六明にも伝わる。閉じた瞼に
やわらかい丸みをおびたからだ、瑞々しい白い肌が浮かんだ。寝たふりをつづけるか六明は迷っ

た。手を伸ばせばとどくところにおんなが座った。視線を感じていた。息づかいも伝わる。

おんなはきっかけをつかめず、迷っているようだ。心臓の暴れは自分のものか、おんなのものか見分けがつかない。感情がうねった。おんなが近づいた。六明は自分の息がかからないかを心配した。おんなは躊躇を思い切るようにしておずおずと手を伸ばし、六明の顔にかすかにふれた。そのとき、六明の背に悦びが走った。悦びゆえに得体の知れぬ虞《おそ》れがあった。

「止せ」

六明は跳ね起きた。不意を突かれたおんながたじろいだ。

「私」

白い顔があった。ぬれたような黒目がちの瞳、妖しいふくらみをもつ唇。

「言うな。自分を粗末にしてはいけない」

拒んではみたが、どこか釈然としないものがあった。

「おねがいいたします」

六明をじっと見つめている瞳から、哀しみを感じた。

「私、こういうことに慣れておりません。でも、だから、お願いいたします」

平伏する。おんなのいじらしいほどの必死さからだろう。胸に湧いた疑問があった。

「吾も慣れていない」

虚をつかれ、困惑するおんな。

「お互いに慣れていないことをする必要はない。そうであろう」

おんなのからだから、強ばりが消えた。

「さあ、顔をあげて。訊きにくいことを訊くから嫌だったら、答える必要はない」

うなずいたのをたしかめて続けた。

「こうしろと、カッタバルに命じた者がいる」

カッタバルのからだが強張った。

「コンゴウ衆か」

息を呑んだ。小さな反応だ。

「チェボルだな」

初めて気づいたように、両腕で胸を隠した。

「惣棟梁様、おねがいでございます。私、このままでは」

「あなたに命じた者には、ふたりは親密になったこととすればよい」

おんなの圧を持て余し若干の同情を込めて言った。いずれにしてもチェボルのことだ、おんなの嘘を見破るだろう。そのときの次の一手はどう出てくるかだ。

「さあ、もう下がりなさい。それから」

衣服を拾って出て行きかけたおんなが立ち止まった。

「この後も、かわりなく務めてほしい」

おんなは背中で安堵を見せた。

おんなが出ていくのを見届けて、六明はため息をひとつついた。なにを企んでいるのか、狙いはなにか。またひとつ、チェボルに釈然としない翳りがふえた。

明けるまで眠り直しだと再び仰臥したが、熱っぽいからだはいいようのない徒労感に包まれていた。眠れそうもないなと思いながら目を閉じた。

瞼の裏に映るのは、石雁に組み敷かれたもものの白い太ももと、闇に白く浮かんだカッタバルの裸が交互した。

其の八

斑鳩は初秋に入った。

蝉時雨が減少し、夕暮れからは虫がすだく。蛙の声が増していた。野では紫の小花がいたるところで咲いている。名前のわからぬ季節の草花が群生している。

瓦事件以来、普請の妨害は止んだ。賊はあきらめたのか、なりを潜めているだけなのか。小頭や迹見赤檮の配下のものたちが監視をするなかで、動き回るのはむずかしい。

迹見赤檮による石工殺しの犯人捜しも停滞している。

志気を奪う雨の月から我が物顔の孟夏も去り、好天つづきで普請の効率も上がっている。

法隆寺伽藍の金堂を、皇太子自らが若草堂と名付けた。若草堂の壁に仏画を描く絵師は、皇太子が新羅から呼び寄せた。

韓半島では、長年にわたり新羅と百済の戦争状態が続いている。大臣蘇我馬子は歴代の天皇を懐柔《かいじゅう》し、倭国から軍を派遣させ百済に加勢させていた。歴代天皇を傀儡にして百済との交易で甘い汁を吸ってきたのが蘇我馬子の外交だった。その環境下で皇太子厩戸皇子が官寺の絵師を新羅から呼ぶことは大臣蘇我馬子への背叛である。何故皇太子が故意に火に油を注ぐようなことをするのか。厩戸皇子にも蘇我の血が流れているのだ。蘇我の祖をたどれば百済である。

コンゴウ衆は新羅の絵師を六明の惣棟梁就任に次いでの、百済への恥辱だと不満を炸裂させる。コンゴウ衆が絵師の舎宅建造を拒んだため、当面、惣棟梁の宿を仮宿とした。絵師が到着したら、六明と同宿になるのだ。六明は絵師が望むなら近しい小頭と協力して絵師の暮らす舎宅を建てる心づもりだったが、その時はコンゴウ衆からの横槍は避けられない。

絵師は夏の潮の流れに乗って、倭国に渡航する。絵師の出迎えを皇太子から命じられた六明は迹見赤檮と浪速の港まで出向ねばならない。惣棟梁自らが出向く。それだけ礼を尽くさねばならぬ相手ということだ、が絵師を乗せた船が遅れれば、浪速に滞在することになる。六明は斑鳩を留守にするのが不安だった。コンゴウ衆、蘇我馬子派の不満がどういう形で吹き出すか。目のとどかないところで、不満が弾けたらと思うだけでいたたまれなくなるのだ。次に起きる普請妨害は、瓦を割る程度では済まぬだろう。

不穏な今、不吉の胞子が漂う斑鳩からはなれたくない。そんな思いでいるときだった。

普請場が騒々しい。人々の怒号や叫び声が聞こえた。

「惣棟梁様、なにごとか起きたようでございます」

カッタバルの報せに六明は外に出た。

不思議な光景だった。野次馬のように集まった人々が惚けたように空を見上げている。六明も仰ぎ見ると空一面が真っ黒だった。不思議なことにそれは法隆寺普請場を中心にした限られた範囲である。

「鴉がっ。不吉ですね」

言われてみれば、さっきまでの蝉しぐれが止んでいる。

鴉はしばらくすると、北へと飛び去った。

「なんだったんだ、あいつら」

異変を畏れ、おののく群衆が寄ってたかって小さな輪を作り饒舌になっている。

鴉が消えて間もなくして、西から鳶の群れが飛んできた。普請場上空を覆い尽くす。やがて矩《かね》に方向を変えると、北に消えていく。

東からハヤブサの群れが飛来する。同じように普請場上空一面をハヤブサが覆い尽くす。矩に方向を変えて、北に消えていった。

北に消えた筈の鴉の大群がやってくる。鳶が続く。ハヤブサが飛来する。

その後から、ひときわ大きな鳥が一羽、両翼をひろげて空を滑ってくる。見たことがない巨大さは、鶴の二倍ではきかない。全身緋色の怪鳥だ。鴉やハヤブサは自分の露払いであるといわぬばかりの優雅さと神々しさの飛翔だ。

鳥が己を呼んでいる。なにものかにかきたてられるように六明は、わけのわからぬ叫びをあげ走っていた。中門を駆け抜け普請場に飛びこんだ。

怪鳥は普請場上空で雄大な旋回をくり返している。工人たちが固唾を呑んで見守るなか、ゆったりと降りてくる。普請中途で一本だけ突き出ている塔の心木に止まり羽を休めた。心木には舎利を納める穴が刳られている。工人や奴卑が吸い寄せられたように高さ二丈の土台を囲み集まってくる。人々は怪鳥の泰然とした姿に息を呑み、夢の中の登場者のように忘我の境に沈んでいる。

六明は仏画に描かれる鳥だと思った。人の腕のように長いくちばしは緑だ。長くたれる尾は黄色だった。鳥は二重、三重の人の輪を見下ろしては、なにかを探すように首を回す。心木を止まり木にして、長いくちばしを使って羽繕いする。神聖な伽藍でとびきり神聖で厳粛な心木である。

六明は人の群れをかいくぐり最前列から、仮設の階を上り土台に立った。

鳥の羽ばたきで生じた風が六明の顔をなでた。怪鳥は六明に目を据えた。六明も見つめ返した。

「よう、はるばる来た。ところでなに用じゃ」そう念を送った。

いきなり全身が揺さぶられる感覚に襲われ、過去への後悔、未来への不安が押し寄せた。あまりの心もとなさにあたりを見降ろすと工人たちが口をぽかんと開いて石のように固まっていた。熱くなった躰は一瞬で冷えていった。身体が透き通る錯覚のうちに、六明は厳かななにものかに胸を打たれた。心が浄化され、身が引き締まる奇跡を覚えた。

やがて怪鳥は長い首をたてて天空を仰いだ。

甲高い奇声を発した。ギャーともクアーとも聞こえた。そして奇声はジマー——と続いた。

「カージマって言ったぞ」

工人の間にざわめきが伝わっていく。六明にもそれはクワージマーと聞こえた。

怪鳥は再度啼いた。空耳ではなかったのだ。なぜか六明の目から熱い涙が流れてとまらなかった。その後二度、都合四回も声たからかに啼くと、怪鳥は北に向かって飛び立ち、一目散に来たところへと帰っていった。

六明は奇跡に立ち会った緊張から解き放された虚脱感で、腰がくだけそうだった。

怪鳥が去った北から、冷たい風が吹いてきた。瞬く間に黒い雲が低くたれ、雲の割れ目に黄色い線を引く。

雷鳴である。

六明は階を下りた。

稲光があり、小粒の雹《ひょう》が降ってきた。小粒の雹は普請場では吉である。人々は天がカジマ惣棟梁を讃えたと、雹の粒に打たれて狂ったように騒ぎ、踊りはじめた。六明も押し出されて一緒になって舞った。期せずして、だれかがカジマ、カジマと調子をつけて叫んだ。

「カジマ、カジマ、カジマ、カジマ」

やがてそれは大合唱になり、雹があがった空には虹がかかっていた。


謎の怪鳥が到来した椿事は早速、皇太子に伝えられた。一部始終を聞いた皇太子は言下に近臣に命じた。

「決して惣棟梁を普請場からはなしてはならぬ」

後にわかったことであるが、皇太子は怪鳥が塔の心木にとまり、カジマと啼いた奇跡を、普請場からカジマを放すなという釈迦のお告げと解釈したのだ。

六明の浪速行きはなくなった。

怪鳥の飛来は媼の呪術か、と訝しみながらも六明は安堵していた。代りに迹見赤檮が舎人一隊とコンゴウ衆の頭を連れて浪速の港に出向いたため、普請場の警備が手薄になった。新羅の絵描きが気にくわぬコンゴウ衆を警戒するようにとクルムに伝えた。クルムから小頭に伝わり、警戒の厳しさを増した普請場は切迫した空気に包まれた。

その一方で工人たちは怪鳥が羽を休めた現場で仕事ができる幸運に感激していた。どこの持ち場でも六明はカジマ、カジマと歓迎された。笑いと冗談も絶えなかった。能率も目に見えてあがった。六明も削った材をひとなでして「腕をあげたな」と若い工人に声をかける。それだけで彼らは目を輝かせるのだ。

迹見が旅立った三日後のことである。

ぶり返した孟夏の日射しが普請場を焦がしていた。日向に立っているだけで、汗が吹きだし、頭がぼうっとしてくる暑さだった。工人には過酷な日だった。六明は巡視をまめにして、工人を激励した。一緒に槍鉋を使って、鉋屑の薄さを競い合った。六明から声をかけられた工人から、疲労が抜け過酷な労働からくる悲壮感が消えていく。六明はことさら若い工人を励ました。腕もよくなにごとにも吸収が早い工人は小頭候補である。コンゴウ衆からは鼻も引っかけられなかった彼らが、惣棟梁から目をかけられた、と意欲を燃やすのだ。

勇気と誇りを植え付ける。

人を動かす上での要点を六明は自然と身につけ、実行していたのだ。日陰で一息入れる六明が首筋から背中へと流れる汗を拭っていると、

「このくそ暑さのなかなぜ、寺や塔の造りにここまで入れ込むのだろうかと疑問を持たぬか」

チェボルが隣に腰をおろした。

「おかしなことを言う。吾は皇太子様がお望みの寺だから工期以内に建てる。ほかになにがある。暑さで気がふれたか」

「仏法に興味のない人間からすれば、寺や塔などガラクタだ。米や獣肉の方が余程値打ちがある。それなのに惣棟梁をはじめ工人、人夫、奴卑までが価値もわからぬものに汗水を垂らす。惣棟梁

は仏法がわかるか」

「聞くまでもない。未踏の巨大な建物を造るという喜びがある。チェボルらしくない。回りくどいこと言わずにはっきり言ったらどうだ」

「米や獣肉なら盗める。盗めぬほどデカいガラクタの寺や塔はどういたす。ガラクタは燃やすにかぎる。ガラクタを燃やすのだから後ろめたさもない」

「バカを言うと許さぬぞ」

六明は蘇我の寺に火を放つと豪語していた小角を思い出していた。小角がくるのか。チェボルが小角を知るわけがない。

「新羅の絵師が絵を描くところをなくせばいい」

「金堂を焼くのか」

「やる方にとっては迹見赤檮がおらぬ今がいい。月のない夜が危ない」

六明は全身が総毛だった。

「昨夜、おんなの小屋で寝ていたが、寝苦しいから外に出た。池の畔が涼しそうだった。蛙の声を子守歌に身を横たえているうちに眠りこんでしまった。夢うつつのなかで、寺などガラクタだという声が聞こえた」

「どこだ、おんなの小屋は」

「三井だ」

六明は腕を組んで考えた。

またも三井か。

目が覚めた六明は、自分がどこにいるのかわからなかった。

見慣れた惣棟梁の宿ではない。

闇に赤い光が四つ、わずかずつ近づいてくる。獣の臭いが濃くなった。視力を集中させて闇を見据え、五感をそばだてる。湿っぽい土臭さ。基礎石から立つ柱——埋め戻し前だから、基礎石と床の間に床下空間ができている。

そこで六明の記憶がつながった。

昨夜から金堂の床下に身を隠していたのだ。火を放つ賊を捕えるための監視だ。昼の疲れからいつのまにか眠ってしまった。獣はこちらの様子を窺っている。喉をならして唸っているのは野犬だ。間止利の森では狼や猪が友だった。息を大きく吐いて、両手を広げ敵意がないことを身体中で現す。野犬の唸りはやんだ。

新月の真の闇である。

普請場が最も深い眠りとなる時分だろう。雑木林で梟が啼いている。沼の蛙が鳴き止んだ。人がくるのだ。六明はそっと床下から這い出た。かすかな風は枝を揺するほどではない。

再び、蛙が鳴きはじめた。来たか——。北東の沼から普請場への侵入だ。

遠くに炎が見えた、——松明。

わずかに足音、草を踏み回廊へと近づく。足音はひとりではない。コンゴウ衆か、かれらに利用される使い捨てか。

炎が近づく。

六明は緊張した。

金堂を回り込んで闇に紛れて待ち構えるつもりだった。自分は筋金入りの大工だ。大工にとって建物は命だ。命をかけて命を守る。相手が小角でないことを祈って、腰縄に差した鑿をたしかめる。小角以外なら容赦はない。命にかえても守るのが、大工の心意気だ。

松明の赤い炎が揺らいだ。物音に注意し、忍び足で相手の視界から外れる金堂の南へと移動し、外壁にへばりつく。頭だけ出して様子を窺う。

人影がはっきり見えてきた。まちがいない、二人だ。来る、近づく。足取りはもっとも近い金堂北東側に向いている。

松明の炎がふたりの顔を照らした。

なぜだ――、目を疑った。チョボル。あとひとりのイタチ顔に見覚えがあった。分厚い胸、太い首回りは父親譲りだ。

男が懐から、なにかを掻きだしている。ひらひらしたものだ。前屈みになって腕を懐奥まで入れて、懸命になにかをかき出している。チェボルも同じことをする。微風に舞い六明の前に飛んできたもの。

鉋屑《かんなくず》だ。工人が槍鉋を挽いて、木材の肌を薄く剥ぐ作事で生ずる屑だ。燃えやすいから火つけ種に使う。男がしゃがみこんで鉋屑を寄せ集め、金堂の柱の下に山をつくり、なにかを垂らして松明の炎を近づける。松油の臭い。

六明は飛び出した。

「止せ」

男を突き飛ばし、その手から松明をひったくった。

「なにさらす」

怒声、頬に強い衝撃。血の味、口の中を切ったらしい。鏨をなめたような味の赤い唾を吐き、身構えた。男の瞳に狂気が映っている。

「またおのれか、邪魔しくさってからに、ぼろくそにするぞ。奴卑がよっ」

「止せ」

戦意丸出しにつっかかる男と六明の間に割って入ったチェボルが腕を伸ばして、

「後でゆっくりやれ」

「ふん」

不承不承に頷く男。チェボルが次はおまえだと六明を睨んだ。

「な、来ただろ、それもひとりで。こういう男なんだよ、おれが言ったとおりだろ、石雁。カジマ、じゃない六、あんたが最も会いたくなかった人間がこんな近くにいたとはな」

チェボルが蔑みの目で嗤った。放火があると報せたのは自分をおびき寄せるためだったらしい。まんまと策にはまったのだ。

「チェボル、やってくれるな」

六明は松明の炎をふたりの顔に近づけた。ふたりが退く。

「舐めたまねするか、コラ」

荒ぶる石雁が足を跳ばす。ふたりとも炎に染まって赤鬼面だ。

「道理で……。石雁を使って吾を監視させたか」

「ちがう。監視する者が石雁だった。話を訊くとカジマは里の奴卑並だと教えてくれたぜ。恨みたっぷりの口ぶりでな」

　チェボルの顔に炎を近づけた。

　焔がチェボルの小賢しい表情を浮きあがらせた。

「それで、いかがする」

「石雁が若草堂を焼く」

「餅を焼く言いぐさはなぜだ。チェボル、コンゴウ衆の手先か」

「おれの意地だ」

「わからぬ、信頼していたおまえがなぜ」

「善人ぶるんじゃねえ、それがうっとうしいってんだよ。欲のないおまえにはわからぬだろうよ。おまえのそういったところが虫が好かん」

「虫が好かん――、それで金堂を焼くか」

「焼く」

「チェボル、寺、伽藍はがらくたか」

「バカを申せ。伽藍ほど貴いものがあるか」

「それでも焼くのか」

「おまえを惣棟梁から引きずりおろすためだ」

「吾への妬みか。それではコンゴウ衆と同じだ」

「気取るんじゃねえ。穢れの奴卑並のくせに」

奴卑並、六明の心に冷風が吹き抜けた。

「奴卑並の六。カジマが聞いてあきれるぜ。余計者がええかっこしくさって」

「石雁は奴卑並みのおまえが自分よりも幸せになるのが許せないんだ。気持ちの狭い男なんだよ」

「そうだよ、おれは気持ちが狭いよ」

物部ゆえに痛いめ、辛いめにあってきたのだろう。そういう弱いところを石雁はチェボルのような男に利用されたのだ。

「おまえに秘密があるように、おれも隠していたことがある」

チェボルの口調は冷静だが、顔は怒りに気色ばんでいる。

「おれはメチギセムの甥ではなく、倅だ。おまえが見殺しにしたじじいの子だ。あのじじいはおれの母を犯した。弟の嫁を無理矢理だ。善人面してやってることは最低だ。おれは大嫌いだった。最低野郎にかわいがられるおまえ。皇太子に引き立てられるおまえを妬ましく思っていた。おまえも皇太子も大嫌いだっ。おまけに化け物鳥までがおまえの味方だ」

「六、そういうことだ」

石雁が獣のような目で六明を見た。

「焼かせない、焼かせてたまるか、金堂は守る」

「そうまで厩戸皇子にこびるか」

「そうではない。伽藍はおれの命だからだ」

言うなり六明は走った。

「待て、野郎」

ふたりが追ってくる。一目散に逃げる、耳が風を切る。松明の炎がゆれる。一歩、二歩と足裏が土を蹴る。腕の振りを大きくし加速にかかる。前傾姿勢から全力疾走に入る。空を飛ぶような感覚だ。普請途中の回廊を駆け抜ける。追っ手との差は開く一方だ。楽々と振り切った。下がり勾配の先で待つ沼の水面は薄闇の底に沈んでいる。岸辺がざわざわ動いているのは、乱入者に眠りを邪魔されたカニの大群があわてふためき逃げているのだ。足の裏がぬかるみの感触を捕らえた。沼独特の泥臭さ。黒い水が広がっている。六明はじゃぶじゃぶ沼に入る。微温《ぬる》くて粘る水が膝まで届き、水草が脛にからみつく。松明を水面に放り投げた。ほの暗さのなかで赤く燃えさかっていた炎は小さくなり、音をさせて消えた。六明は後ろを振り返った。

「火は消えた。もう焼けんぞ」

息を切らせたふたりが追いついた。

「石雁、いてまえ」

石雁の手元が銀色に光った。刃物、小太刀だ。六明は左に回り込みながら、足元がいい水際へ、水際から陸へと動いた。

間合い、半間——石雁が跳んだ。

刃が降ってくる。一歩退いて躱す。にらみ合った。石雁の息づかい。すっかり上がっている。

「あの日の借りは忘れてねえぞ」

唾を地に吐く。顔が上がる。白刃が突き出る。身体を開く。横っ腹すれすれで避ける。刃が横になぎ払う。回り込んでよける、背中に衝撃。石だ。振り返った。チェボル、石を投げてくる。右目のすぐ横に石が当たる。くそっ。視界が白く濁った。前から石雁が突っ込んでくる。側頭部に石が当たる。どうともなれ、全身で石雁を受け止める。横っ腹に痛み。チェボルの蹴り。蹴らせておく。二発、三発と蹴りが横っ腹を連打。小太刀を持つ石雁に集中だ。刃物を持つ右腕を押さえる。力の勝負だ。

「おのれもいわしたる」

「おまえか。石工を殺ったのは」

「だからどうしたん」

「瓦もか」

「ああ、石雁とくたばった石工だ」

　チェボルが明日の天気を話す口ぶりで応えた。六明が力にまかせて掴んだ石雁の右腕をねじりぐいっと引く。石雁が前のめりに一歩出たところ、膝を腹に飛ばす。呻き声、肚から汚物を吐き出す。膝が崩れる。折り重なって押し倒す。馬乗りになる。組み敷かれじたばた逃れようとする石雁。六明が刃物を持つ石雁の右手首を握り潰す。石雁が観念したのか力を抜いた。殴ろうとしたときだった。

「もものこと知りたいんやろ」

　六明から力が抜けた。強烈な打撃をくらったように戦意が萎えた。

「気なるやろ。ももはおまえの闇やさかいな」

「どうしてる。ももは、ももは生きているか」

「さあな」

「教えんか、さもないと」

「さもないとどないするんや」

石雁の右腕を左手で抑え、右手で首を締め上げる。締め上げる。

「貴様を殺す」

「うぐっ」

苦痛に歯を食いしばる。さらに締める。小刀を握った手、力が抜け開いていく。もう一息だ。

背後に気配。大きな石を諸手で頭上に掲げるチェボル、叩きつける。転がりよける。左肩に衝激、烈しい痛み。組敷いていた石雁。からだを起こしざま、小刀をふるう。咄嗟左二の腕で受ける。血しぶき。痛みはない。

小角と倉破りをしていた頃の感覚がよみがえる。日々が蘇我兵と命のやりとりだった。腹筋をばねに立ち上がる。チェボルに足をとばす。甲が首横に決まる。膝から崩れるところ、回転させた脚、反対の脛が腹に入る。呻き、悲鳴。逃げる尻、下から急所に一撃。甲に玉がひしゃげる感触が伝わる。もんどり打って転げ回るチェボル。背後から突っかかってくる石雁の刃物、からだをひねる。脇腹をかする。肉体が鈍い音でぶつかる。左肩に激痛。裂かれた二の腕から血がふき出る。痛みをこらえて圧す、押しかえす力。足場が悪い。沼尻で踏ん張りがきかない。小刀の腕、左腕と脇の下で決めている。力が入らない。右手で石雁の顔を掻きむしる。指が目に入った感触。悲鳴。圧してくる力が弱まる。圧す、寄り倒す、左脇から決めていた腕が抜ける。顔に延びる白刃。右腕で力いっぱい払い、石雁の肉体に重なる。すきまなくおっつける。石雁の荒い息づかい。二人の腹の間に石雁の腕が挟まっている。妙な感触。腹が生暖かいもので濡れる。粘つく。

「痛えよう、ううう」

「石雁」

　ゆっくりとからだをはなす。仰臥する石雁の右側に体を躱す。石雁の左脇腹、小太刀が斜めに突き刺さって、傷口から血がどくどく流れている。

「石雁、おまえっ。しっかりしろ」

　六明が石雁の頰を張る。チェボルにいいように利用されてこのざまか。くたばっていいのか、これがおまえが望んだことか、やりきれなさに頰を張る。石雁、首をかしげ、脇腹に深々突き刺さった小太刀を見た。

「くそっ、おれは終いか」

「石雁」

「六、よう聞けや。ももはとうに売っぱらった。男どものなぐさみものにされて、身も心もぼろぼろなってくたばっとるわ。奴卑に生まれたおんならしい生きざまや」

　六明に脱力感がひろがる。くそ、拳で地を叩く。叩く。傷を負う左腕でも叩く。痛みは感じない。感じたい痛みがこない。

「長は、他の者はどうした」

「おやじはくたばった。里の者はだれも残っていない」

「どうした」

　呆然と座り込んでいたチェボルが弱々しい声をだした。

「自分で刺した。腹を刺した」

　血の臭いに野犬が寄ってくる。床下にいたやつか。石雁はやつらの餌になる。六明は石雁の首の下に腕を入れて、上半身を引き起こす。石雁が呻く。深々と刺さった刃物、引き抜くと出血がひどくなる。痛む左肩を石雁の腹に当てて、一気に持ち上げる。ずしりと重みが左肩に加わる。これでいい。あえて痛む肩を使うことにする。

六明は野犬に怯えるチェボルを置き去りに、普請場へと歩き出す。一歩、一歩に石雁の重みが伝わる。足を運ぶ六明の頭に間止利の里が浮かぶ。里と奴卑を別ける洞窟の木戸。修繕した作事小屋、間止利の長、六を襲いに来た幼い石雁、森、もも。二度と帰れぬ人、土地だった。肩の重みのせいか、六明の視界が涙でくもった。

「おい、待って、待ってくれ。おいてかないでくれ」

六明は振り返らなかった。振り返れば、チェボルを殺してしまうにちがいない自分だからだ。

六明の耳にあの歌が聞こえてきた。

透き通って澄んだ声。心がおだやかになっていく旋律。六明の目に涙が湧いていた。

其の九

石雁は助からなかった。六明の胸に虚しさが広がっていた。迹見の配下が連れてきた医者は石を叩きつけられた左肩は不自由になると診たてた。

舎人の御用小屋に捕われの身である。裁きを受けて、刑に服すだけだ。六明は目を閉じ、座して動かなかった。休みなく走ってきたからだを持て余し、記憶を失った者の如く終日なにも考えぬ日が過ぎていった。

先ほどから、迹見赤檮が巨体で覆い被さるようにして、対峙している。息を殺して、じっとしている。迹見も六明を相手に調べづらいのだと察する。迹見はそういう人物なのだ。

「ほんとうに話すことはないのか」

「ございません」

「これは死んだ石雁のものだ。そしてこいつが石雁の腹を刺した」

前に小太刀を滑らせた。目を閉じていてもそれを感じた。

「石雁はこいつで石工も殺っている。チェボルにていよく使われていたんだ」

迹見の辛そうな声。

「その肩に石雁を担いで、帰ってきたんだろ」

痛みがよみがえる。

「チェボルが、おまえは正体をかくしている。物部の余計者の奴卑並だ。その過去を知る石雁を口封じのために殺したと言っているぞ、いいのか、認めるのか」

「チェボルは息災でしょうか」

「おまえひとりに罪をなすりつけているんだ」

「私はチェボルを傷めました」

迹見は事件の報せを受けて、吟味のために浪速の津から早駆けで斑鳩に帰ってきたのだ。その行為が六明の濡れ衣を晴らすためのように思え、その気持ちが六明には重すぎるのだ。

「彼がそれをいうなら、そうなのでしょう」

「聞かぬな」

苛立ちが声に濃くでていた。

「沼に松明が浮いていた。金堂の柱の根本に鉋屑の山があった。なぜそんなところに燃えやすい鉋屑がある。それだけではない。石雁の着物から鉋屑がでてきた。どういうことが起きたか。賢いカジマのことだ。お見通しだろ」

「なにも見えません」

「見えぬと、目を開けえ。その目は腐っているのか、いや、腐っているのはおまえの心だ」

「ほんとうに言うことはございません」

六明は目を開いて言った。誤殺とはいえ、人を殺めた己に何が言える、というのが六明の気持ちだった。

「カジマ、嘗めるなよ。舎人には目も耳もある」

六明は猜疑心に満ちた目を正視できず、視線をそらせた。

「石雁とチェボルが金堂を焼く。それをカジマが阻んだ。当然、争いになる。寺はおまえの命だ、命がけで守ろうとした。石雁は凶暴になって武器でおまえを殺そうとした。狂った猪だ、手がつけられない。まちがえがあって、石雁は自分の腹を刺した」

迹見の口調の重さが息苦しい。六明は重さに圧されて頭をたれた。

「顔を上げえ。六明。――――、悲しい目だな。なにを見てそんな目にかえた」

迹見の息づかいが荒くなった。

「言うことはないか」

「チェボルの言ったことに間違いございません」

「すれっからしみたいな捨て鉢になって、カジマ、たのむ、考え直してくれ」

悲痛な叫びに、耳をふさぎたい六明だった。自暴自棄なんかではない。強いて言えば六明はなにかを悟ったのだ。それ故に我が命をはじめ全てに未練はなかった。

「この世に余計なものなどいない。カジマ、わかるか」

「信じてください」

「信じるか、信じないかではない。この吟味、ことごとく皇太子様のお耳に入れている。なにが起きたかを決めるのはこの迹見でもなければ、カジマでもない。それを決められるのは、この世でただおひとり、だれだかわかるの」

「皇太子様」

「今宵、月が天心にかかるまでにお決めになる。カジマの心の闇を晴らすも、覆うも皇太子様だ」

「このカジマ、いや物部の余計者、六がやりました、とお伝えください。どうか厳しいお裁きを願いとうございます」

「そこまで申すか。しからば、証を出せ、出して正体を証せ」

「ご無礼いたします、ごめん」

六明は右手で額にかかる前髪をぐいとあげた。

「物部禁忌の証——黒疣三っ点でございます」

「しかと慥かめた。おまえは物部の六だな。その正体を隠すために石雁を殺めた。このことに相違ないな」

「ございません」

これで出自を隠すことがなくなる。ようやく軛《くびき》から解き放たれるのだ。

六明の頭上に細い月が登った。僅かだが明るくなった。

仰ぐと枝の間から、赤味を帯びた剣のような月が覗けた。月にかかる雲の流れが速い。

普請場西回廊の外に樹齢を重ねた檜が生えている。森のおじじを一回り小ぶりにしたくらいだ。老木を取り巻くように工人たちが幾重もの輪を作っている。輪のなかほどのかがり火が工人の顔を赤く照らす。

人々の沈黙と緊張で空気は重く、湿っている。

処刑場である。

輪の中心には、茶牛にまたがり、両手を背に括られた六明。六明の正面、輪の最前に陣取って、嘲笑を浮かべているのがコンゴウ衆だった。六明は卑屈にならず背筋を伸ばして正視した。

若い舎人の手で六明の首に藁縄が巻かれた。迹見が命じたのか舎人の手つきに罪人への手荒さはない。遊びをもたせて張った縄の端が、松の枝にしっかり結ばれていることを確認する。

群衆より頭ふたつ分大きいのが迹見赤檮だ。彼が尻に鞭をあてれば牛が突進し、六明は宙ぶらりんになり、体重で縄が締まり窒息死するのだ。

月。新月から五日目の中途半端な月光。

かかさまが幼い自分に、おまえは月の子だと言い聞かせていた夜に六明は思いをはせた。

「惣棟梁様」

カッタバルの涙声だった。六明は声の方に向いて笑いかけ、静かに頷いた。

重い沈黙をつづける小頭の群れのなかにクルムがいた。目が合うとクルムの声が続いた。

「カジマ様」

「クルム、寺を恃むぞ」

クルムが号泣する。カッタバルが泣く。小頭たちも工人もすすり泣く。六明は兄妹のため、寺造りにかかわるすべての人に、ありったけの多幸を祈る。

あらためて小頭たちと法隆寺をつくることはできないと、思った。そのことに悔いはなかった。自分はどこにいっても余計者、とさばさばしていた。自分が消えれば、無駄な争いはなくなり伽藍は完成する。

余計者として生まれ、古神道の司である伊勢の神宮を蘇我から護った。そして人を殺めて法隆寺という国最大の伽藍をも護った。神宮と寺は旧新で反目し合う仇同士だ。自分がそのあいだに入って両者を護る。

あげくに処刑場の露と消えるのは、天が自分を動かした結果か――。

迹見赤檮が人の輪を割って、南から近づく。牛の横に凛々しく立つ。配下の舎人が西側の人を捌き、牛の進路を開く。前にたれる闇の先に畑が広がっている。

間もなくして、月は天心に届く。

迹見が鞭を構える。

「これが最後だぞ、六明。言うことはないか」

野次馬たち全員が息を呑む中で、六明が答える。

「申し上げることはございません」

ことばが出ないほど、小頭たちが悲しんでいる。

それがわかっていながら、何の感情も起きない。後悔も、恨みもない自分。出目の恥部を隠そうとした罪の報いだ。それだけのものだ。もともと他人との接触や会話が苦手で、なんにでも消極的で自分の意志や判断を放棄してきたのだ。

　希望は持ったとたん、絶望にかわる。誠実に生き、誠実に死んでいく。どこに不足があるか。

　月が雲に隠れたのか闇が濃くなる。

　遠くで馬が嘶いた。

　昂奮した牛がからだを揺すった。首の縄が伸び、引っ張られた六明がこわばった。

「己の足で新しい道を切り拓いてきただろ」

　最初は耳の間近で蚊が飛ぶ音かと思った。六明にしか聞こえぬ声だ。幼き頃に耳にした懐かしい声の主はおじじだ。

「新しき時代の大工にならんのか。先頭を走るんじゃないんか。ええんか」

　耳をふさぎたかった。吐き気がこみ上げる。死など恐くないと思っていたのにいざとなったらこのザマか。山いちご、あけびの実で飢えに堪えた森の日々。突如、ももが浮かんだ。石雁に組み敷かれているももだ。涙のたまった目でぼんやりと六明を見ていた。着物からはみ出た白い太腿――、虫にくわれたあとの赤いブツブツが目立つ太腿は、膝を頂点に足先へと続いて全体で三角になってふりほどこうともがいている。

　空耳か歌が聞こえた。風のなかに女の澄んだ声。ももの歌だ。それにちがいない。

　蹄の音が近づく。

「待たれい、待たれいっ」

刑場を仕切る舎人が駆け込んでくる。

「迹見赤檮様、お待ちくだされ。秦河勝様の御成りです」

「秦河勝様、お成りい。秦河勝様、お成りい」

「秦様、お出ましい」

人の輪が割れて、皆が跪き畏まる。

舎人の声につづいて駿馬にまたがりあらわれたのは、皇太子の助を務める秦河勝であった。人垣を割って迹見赤檮の前まで進み、突き出た腹をぶるぶる震わせて馬から下りた。

「間に合ったか」

皆が緊張するなか、荒々しい息を吐き、猪首をパンと叩く。

「迹見、カジマを牛から下ろせ」

六明は縄縛りから解放された。

「カジマ、そこに直れ」

秦河勝の前に跪き、額を地につける。

「ただいまより、厩戸皇子様より、カジマ六明への裁きを申し渡す」

「カジマ六明、若草伽藍普請惣棟梁。間違いないな」

「ハイ、相違ございません」

「皇太子さまのお裁きだ、みなの者もよう聞け。汝がいかに隠そうとも、一夜の出来事を見ているものがあった。天が見る。地が見た。吾が知る。そして汝自身も見た。真実を犯すことあれば吾も人の倫《みち》を踏みあやまることとなる。吾には罪のなきものを裁くことはできぬ」

六明はうなだれていた。人々の緊張がゆるむなか秦河勝の声が耳を素通りしていく。

「新たに申し渡す。カジマ六明、小野妹子の影となって働け。随へ渡海する小野妹子を無事に連れ帰るが役目。衡山にて胆知を鍛え、経典を持ち帰れ」

感極まりうおーっと走り寄る小頭たちに囲まれ、肩を叩かれもみくちゃにされる。

だれからともなく、涙声の合唱がはじまった。

「カジマ、カジマ、カジマ、カジマ」

怪鳥が去り雹に打たれ、歌い、舞い踊った日の再来だった。高揚感が人から人へと伝わる。

破顔して涙ぐむカッタバル、クルムも芳志殿、瓦博士の老体も歌い、踊る。その人の輪が広がり、歌声が大きくなっていくなかで六明は泣いた。迹見赤檮の無骨に踊る姿が滲む。

眼から溢れ流れる涙をどうしようもなく見上げると、滲んだ月があった。

一旦、消えかけた命に、思いがけず再び火が灯る。自分には簡単に没しない不思議な運があるのではないか。そんな思いが脳裏をかすめた。

六明はカッタバルに手を取られて人々の輪の中心へと入っていった。

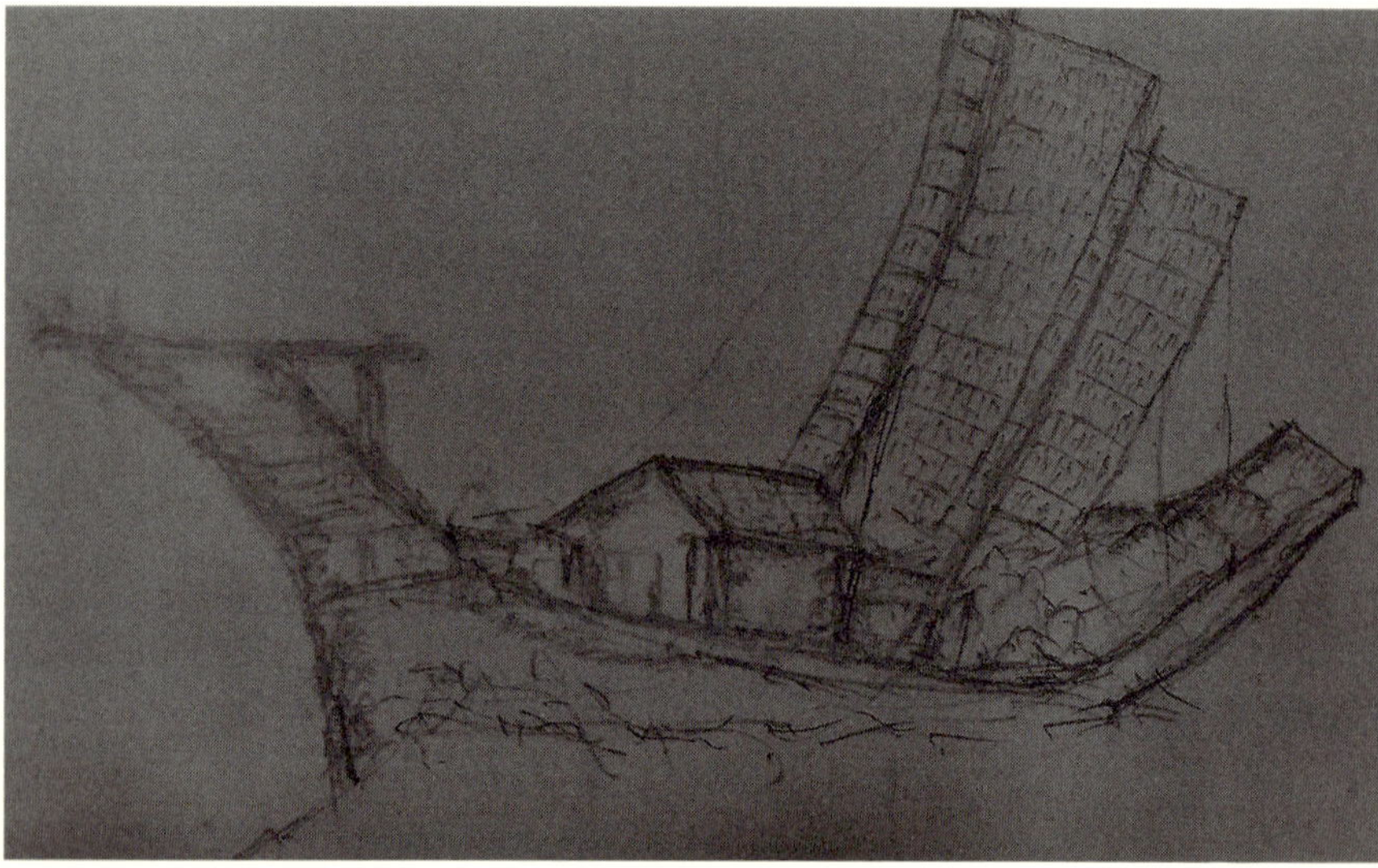

第三部

其の一

トキヨミの媼《おうな》は、物部の本社石斫神社《いしきりじんじゃ》を目指していた。

しおれた枝のような手に杖を握り、萎えた足を引きずり、土からはみ出ている木の根を頼りと足がかりをさぐり、たしかめつつ勾配を登る。

盛者必衰《じょうしゃひっすい》の証が、媼の足運びを邪魔する。

物部一族が滅びて、訪れる者がなくなった杣山《そまやま》には若木が育ち、枝があばれ、繁った雑草が小道を侵して媼の行く手を阻んでいる。

梢をさわがす風が肌をさす。

まだ山裾なのに、媼は既に疲れ切っていた。

もう極限だ、とても頂まで登れまい。

気弱になった媼は、ご神体の前に仁王立ちする物部守屋に、饒速日命《にぎはやひのみこと》のご託宣を告げたかの日に思いをはせていた。

物部守屋との最後となったあの日——、

戦こしらえで太刀を杖に雄々しく立つ守屋を、茂みに身を隠し見とれていたのだ。

『穴穂部間人皇女《あなほべはしひとのひめみこ》が孕むやや子が、物部を滅ぼす火種となる』

予言に守屋は「生まれてもいない赤子を畏れろと申すか」と激怒した。叱責に身を縮め狼狽した媼に、慰撫するおことばをくださった我が君主。感極まり、しばらく立ち上がれなかったあのときの自分。

それから十五年後、天下分け目の大戦が起き、破れた物部一族は根絶やしにされた。

あれからどれほどの月日が経っただろうか。

百八からは数えるのを止めたおのれの齢だが、山ひとつ登れぬ衰えが現実だ。全身の萎え、叱咤しようとままならぬ手足、己の惨めさを嗤うしかない。

若い頃は――、考えるだけ愚かなこと。

余計に生きすぎてしまったのだ。

死に場所と決めたご神体までは、なんとしても――、獣の如く四つ這って登る。掌で根を押さえ、足を引き上げる。足は根をさぐり、一歩、一歩と慎重に這う。それでも呼吸が早まり、胸が押しつぶされて苦しい。咳き込む、と落ち葉に鮮血を吐きちらした。吐瀉物からの悪臭がひどい。はらわたがくさっているのだ。あげくにずるっと滑落した。生い茂る木の幹に腰を強打し、滑落はとまった。手にしていた筈の杖は見当たらず、痛みをこらえて腕と膝を突っ張り起き上がる。よろけて背中から倒れた。柔らかい感触に媼は落ち葉に倒れ込んだと思ったが、苔を押しつぶしていた。

「なんてことを」観念した媼は、苔を褥《しとね》に仰臥した。

枝の間から見上げた青空ははるか遠くにあった。去年、一昨年はもっと近かった筈だ。

一度横たわってしまえば、二度と立つことはあるまい、と覚悟の上で手足を伸ばす。安堵感が全身を満たし、神経がのびきる。

むやみと涙が湧いてきた。

媼の顔のそばに白い粉がふわっふわっと舞い上がる。苔が吐き出す妖気だ。

とりとめなく見ていると頭に靄がかかったか、ぼんやりとしてくる。物部の巫女頭としての日々がちぎれ雲のように浮かんでは消えていく。

いつのまにか宵闇が迫っていた。媼の口から出たのは呪術でも、予言でもなかった。歌だった。

物部の巫女に口伝で教えられる歌。

「ふるべゆらゆらと、ふるべふるべ、ゆらゆらとふるべ、ふるべゆらゆらとふるべ」

音色は優しく、聞く者の心を穏やかにする癒やしの歌だ。神秘的で透明感のある旋律を奏でる声は娘のように若く、甘かった。

媼は歌いながら目を閉じた。

力んでいた全身の力を抜いた。

「守屋様、未だ、天地、割れず」

歌声が呼び寄せたのか、飢えた山犬の群れが媼を取り囲むようにして間をつめる。

媼の嗅覚が獣臭さをとらえた。

「なんというめぐりあわせ。果報なことじゃ。そなたらのなかでこの命、つなぐことができようぞ。さあ、喰らえ——、骨一本のこさずに早う、喰らえ」

と巫女生活、最後の念を送った。


つまるところ渡海は、船酔いと時化のふたつに尽きる。

問われることとあれば、六明はこう答えるだろう。

水夫《かこ》や一部の船になれたものを除くと、みなが船酔いに苦しんだ。弱い者は船が浪速を出た途端に青くなって、腹の中のものを吐瀉《としゃ》した。船内に漂う酸っぱい臭いに気分を悪くするものが連鎖で増える。船のあちらで伏せったり、こちらで腹をなでては身をかがめてこらえている。口を固く結び、我慢するほど、腹の中から酸っぱい汁がふき出ようとする。

船酔い地獄だ。

凪で船が進まない日でも、船は微妙に横揺れをくりかえす。船に弱い者にはこれが堪《こた》える。遠くを見ろと水運に慣れたものは説く。吸う息をゆっくりにして空気をいっぱい腹にいれろと水夫《かこ》は教える。それが自然とできるようになるには早い者でも十日かかる。そのような状況でも、漁師は端然と船縁から網を垂らして魚をとって賄うからさすがだ。


往路、随には浪速の津を出て、三月ほどで到着できた。

黄河河口の岸辺の都で船を下り、陸路はどこまでも灌木が茂る荒野を馬で進んだ。馬上の小野妹子は海上とは別人の如く、勇猛で堂々として、いかにも倭国の正使という風であった。

随では皇太子から勅諚とともに与った貢ぎ物の金や絹などを煬帝《ようだい》に謹呈し外交親書を交換した。行く先々の土地で歓迎の宴が開かれ、卓には山海の珍味が並んだ。

隋で役目を恙なく果たし、隋の天子煬帝の使者、文林郎《ぶんりんろう》の役人裴世清《はいせいせい》を同行して皇太子が待つ倭国への帰路である。

黄河河口から長安までの往路では陸路千里、凡そ三十日かかった行程だが、帰路は隋の天子が用意してくれた大船で、洛陽《らくよう》から黄河を下った。天候にも恵まれ、黄土色の水が満々と流れる黄河下りは、往路の陸行とは比較にならぬ快適な航海だった。黄河の主と呼ばれる船長の差配のもと、船は昼夜下りつづけて二十日、河口の都に到着した。

久方ぶりに合流した水夫や船大工たちが、往路で傷ついた船の修繕をすませていた。

波が傷んだ船体を浚《さら》う音が耳につく。船板に直座りする尻に緩い震動が続いている。

大海の真ん中。見回せば青黒い海。見上げれば膨らんだ日輪が天心にある。

首筋から背中に流れた汗が気化する。額から滴った汗粒は船板のうえで即座に蒸発していく。

狭い船内でひしめきあう人々の吐き出す息まで、熱く干からびている。

一陣の風もない凪。

日射しが容赦なく、身をよせあう者たちを焦がしていた。逃げ場のない灼熱地獄をじっと耐えていると、縄ばしごから濡れた男が上がってきた。

「生き返りますよ。カジマ様もどうです」

船大工小頭の多々が、濡れた髪を掻き上げ冗談めかす。長門の小島育ちの多々は水の達人だ。

「泳ぎ疲れて眠るのもわるくないな」

六明は船縁《ふなべり》に立った。二尋下の青い海面が波立っている。両手を伸ばし腰をまげて、船縁を蹴り頭から飛び込んだ。一瞬の水音としぶき。火照った身体が冷たい水に包み込まれる心地よさ。

ぐいっと沈んだ六明が、浮力で浮かびあがる。

「船からはなれないで、でかい鮫がいます」

海面に顔をだした六明に、多々が船縁から身をのりだして注意する。それに手を上げて応える。幼い頃に姉が鮫に殺されるところを近くで目撃した多々は今でも三角の鰭を見ると一瞬、凍りつくほど鮫の恐しさを知る男だ。それは海の恐ろしさと同じ程度でからだに染みこんでいるのだ。

　六明はからだをくの字にして頭から潜っていく。手で水を掻き、潜る。一尋、波音が小さくなる。さらにもう一尋、耳が痛い。鼻をつまんで、思い切り強く息を吐き出す。耳の痛みが瞬間で消える。多々から教わった耳抜きだ。耳抜きだけではない、海での泳ぎもならった。六明は海で泳いだことがなかったのだ。さらに一尋潜る。口をすぼめてゆっくりと吐き出す息が細かいあぶくと変化して海面へと上がっていく。吐き出した分だけ身体から息がなくなり、浮力が減ることで長く、深く潜っていられるのだ。

　水のなかでの動きはゆっくりと――、多々の教えだ。

目の前を銀色のからだをくねらせて魚が横切る。自分も魚になった気分だ。息が続く限り潜って海面にあがる。船尾の方でシゲジが飛び込んだ。水夫の雑役で船ではいちばん若い十三歳の童子だ。三十人を越す水夫のなかで、水に入るのはシゲジだけだ。六明はシゲジとしばらく泳いで、縄ばしごから船に戻った。首を傾け、耳の上をかるく叩いて耳に入った水を出す。船大工のたまりから多々が満足げにうなずく。

「運男、あとで喉が渇くぞ」

　船縁で小用をすませた水夫が六明を混ぜっ返す。

　水夫や漁師は泳がない。泳ぐと喉が渇き疲れるからだ。暑ければ水に飛び込みたい。その本能に蓋をしているのが船乗りだ。それでも六明が海に入るのは、極限状態まで潜っていることで手にできる感覚がたまらないからだ。夢と現の間をふらふら漂っている具合は、だれにも迷惑をかけない刹那の快楽だ。

六明は首筋の汗を手の甲で拭い、焼ける息を吐く。

巨魚の来襲を受け水樽を壊したため飲み水が減った。六明も唾を飲み込んで渇きを癒やしていたが、だいぶ前からついに唾も湧かなくなった。見渡すすべてが水しかないのに、その水は飲めない皮肉。こんな辛い不運があるか。

海の恐さをよく知る船乗りが第一とするのは運の強さだ。

海の男が六明を、幸運を持ち込む男と歓迎した。

彼らによると今から百五十年ほど昔、最初の中国朝貢があった。水夫は塩飽島《しあくじま》の一族で彼らの祖先だ。昨今とは桁違いに船造りの技術もとぼしく、航海術も稚拙だった当時、海を渡る船は巨大な棺室と恐れられていた時代である。

彼らの口伝によれば往路、帰路とも嵐や船の破損、漂流と困難がつづいた。それでも天皇の使者は苦難の果てに倭国に帰り着くことができた。可能としたのは、運男の同舟だったという。運男として随行したのは、船乗りではない欲のない凡夫だったという。六明がそれにあたるという。

確たる勝算がないのに、なぜか生き延びてしまう奴がいる。そういう男を塩飽では運男と呼んでたたえる。なにをいっても耳を貸さない連中が相手だから、強く否定はしなかったが、我が身が運男に程遠いことは、自分が熟知している。

余計者として生まれた身。間止利《まとり》での暮らし。若い頃、小角に言われるまま蘇我の倉破りを続け、身体を賭けていた日々。あれだけのことをやりながら、生きているのは運がいいと言えなくもない。望んだ寺造りでは無我夢中の日々だった。ひたすら愉しみ、気づいたら惣棟梁になっていた。その惣棟梁が今は海上で死ぬほど渇えている。日照り下でとりとめない思考が行き来する。

厩戸皇子、皇太子はなぜ自分が罪を認めていたにもかかわらず、処罰を猶予し小野妹子に随行させたのか。旅の当初は疑問に思っていたが、渡海をつづけるうちには考えるだけ無意味だとふっきった。

航海の間中、斑鳩では皇太子が日々、遣隋使の無事を祈ってくださっているという。

船旅に祈りはつきものなのだ。

穏やかな日、海の上であたまをよぎるのは望郷の念だ。遥か海の果てから思いをはせるのは、倭国に残した家族の顔だ。浪速の津で、手を振り旅の安全を願い、見送ってくれた縁者の姿だ。家族の無事、家族のもとへ帰れることを祈る。

旅の途中で「もはやこれまで」死は避けられないと思うことがある。往路だけでも、そういう覚悟が必要な場に二度出くわした。どちらも嵐との遭遇だった。幸い船体を少し傷めただけですんだ。場合によっては致命的になった、運男のおかげだと船大工が言っていた。

船は帆に風を受けて進む。風がなくては立ち止まるだけだから、風よ吹けと祈る。風が強すぎると浪が高くなる。風よ、おさまれと祈る。人は祈るものだということを知った旅である。

小野妹子は先祖を思って祈った。水夫は海の神に祈る。高句麗の僧は仏に祈る。六明は秘かに伊勢の神宮を念じていた。小野妹子、裴世清という六明が命に替えても守らねばならぬ人間ができたからである。裴世清ら隋人はなにに祈るのか興味があった。

六明は裴世清から、いかがわしいうそ寒さを感じていた。

裴世清は乗船した途端から不機嫌さを隠さなかった。穏やかな顔つきに似合わず此度の大使役が不満なのか、倭人を睥睨《へいげい》する態度を一貫して崩さない。倭国正使の小野妹子にさえ突き放した姿勢であたる。文化も徳育もない蛮人との同舟が気に染まぬのだ、と六明は見ている。隋の官僚からみれば、倭人は蛮人同然でもしかたない、がそれにしてもである。

小野妹子は裴世清が無役の下っ端役人ゆえ余計に尊大ぶりたいのだ、と冷ややかだ。

裴世清を煙たがる倭人ばかりで、正通事の鞍作福利《くらつくりふくり》などは逃げ回っている。六明だけは同じ船に乗っているから息苦しかったりするが、隋国の官僚とはそういうものと思えばいい。なにもすることがない船上の楽しみとして、重い岩を少しずつ動かすように、時をかけて裴世清の心に風が通る穴を開けようとしている。あいにくこれまでのところまったく効果がなかったが、先の長い航海、今後もあきらめずに試練を愉しむだけだ。現実を見ぬ六明を官僚たちは変人呼ばわりで、小野妹子からは「一切の欲を持たぬおまえのような人間、生まれてはじめてだ」

毒蟲でも見たときのような口調で気味悪がれた。

小野といえば、いつまでたっても船になじめず難儀していた。頬から垂れ下がる黒髭には、嘔吐物がこびりつき、だらしなく羽織った長衣も点々と干からびが張りついたままだ。服の下からは骨張った手足がニョキッと突き出ている。目は黄ばんで濁り肌は日焼けで火ぶくれだ。

食えない、眠れない、逃げ場がない、船酔いという魔に取り憑かれた半病人だ。倭国の遣隋使正使の威厳もあったものではない。随行の将がこのありさまだから、六明はじめだれもがよくて着たきりの汚れ放題の半裸。水夫などは下帯ひとつだ。

船に弱いのは小野妹子だけではないが、他のものは徐々に慣れていった。小野妹子だけが取り残されたのだ。幸いなことに、六明は船に強かった。運男が船酔いなどあってはならぬことだ。

日輪は少し西へと傾いたが、灼熱地獄は加勢し、船という大鍋に押し込んだ人間の蒸し焼きを作っている。強さを増した日射しの下で、年寄りの呻き声が人々を倦ます。

当初は同情の気持ちで聞けた呻きも連綿と続くと、船内に押し込まれた身には癇に障る。気が利く多々が「暑いところ、お許しを」と先回りして頭を下げるから、周りも「いいってことよ、年寄りが怪我で苦しんでんだ。気にするこたあねえ」と言いたい嫌みも飲み込むようになる。

呻き声の主は船大工の長オラバンだ。

多々が船縁から汲みあげた海水をオラバンの全身にかけて冷やすが、一向に熱の下がる様子はない。多々の師への愛と優しさに満ちた奉仕も効果がない。我慢強いオラバンがこれほど苦しむのだから、脚がちぎれる痛みなのだろう。オラバンの災難は巨魚が船に衝突したはずみで暴れた積み荷に脛を挟まれたのだ。衝撃は水樽も壊した。失ったのは水樽だけではない。小野妹子の着替えの長衣も流したし、隋の天子から贈られた白黒の珍奇な動物、大熊猫を死なせてしまった。せめて亡骸だけでも皇太子様の元にと考えたが、腐敗が酷いため海に流した。腐敗した亡骸を狭い船内に放置すれば人間が病気になる。命は物体となったとたんに腐りはじめるのだ。とくにこの日射しではたまったものではない。ほかにも嵐で若い僧がひとり落水して戻らなかった。それだけの被害にもかかわらず、水夫長のギッタンは黒白まだら鬚の顔を崩して、あんたという運男のおかげじゃと六明に手を合わさんばかりなのだ。六明がいなかったら間違いなく、船は沈んでいたと言い張るのだった。


巨大魚の襲撃の夜から十日。

舵を若干傷めた船は本来の航路から流されたまま、あまり進んでいない。

海は一日一日表情をかえる。荒れ狂う日もあれば、穏やかで優しい顔もある。今日は風がなく、海はなぎ、船は進まず波間に漂っている。

ぐるりと周りすべてが水平線のなかで、太陽の位置、風向きなどを目安にして水夫長は陸地の在処を推量する。水夫長が指示する方向に水夫が櫓を漕いで進む日もあったが、今日のように風がないと陸地の方角はわからないという。

倭国、浪速の津への到着はいつか。水が切れたら、干からびてくたばるだけだ。飲み水は命だ。なぎの日がつづけばそれだけ陸地への到着が遅れるから更に水を節約するしかない。


六明は随行で他国と誼《よしみ》を通じるという仕事を学ぶことができた。教師は次から次へとあらわれる隋の官僚たちだった。彼らがもっとも重んじるのが国家と我が身の体面だった。

工人として物造りしかしてこなかった六明である、が相手を心からを敬い丁重に対処する。自然に身についていることだ。特別な策を用いず人柄のままに小野妹子の通事をするにあたって、交渉相手の体面に気をくばった。正使がきついことを言っても、六明が慎重に、ときには迂遠な言い回しに替えて相手の体面をたてた。交渉、かけあいの場でも自然にふるまうだけだ。人柄が功を奏し、大興城の船役人から丈夫な帆と綱、樽、予備の舵柄などの船材、塩漬け肉、米、豆など食料、薬草などを復路の航海用に与った。

船は四月にわたる徹底的な修繕で新造時に生まれかわっていた。

もともと船造りでは名高い長門の船大工衆が百済船を手本にして、隋への渡海のために造ったもので、長さは高麗尺にして八十五尺（約三〇米）最大幅二三尺（八米）。高さ三丈（九米）の帆柱二本が立つ新鋭船だ。船体の主要材料は虫食いに強く腐りにくい楠を使っている。黄色に塗られた船体は船首から舵座のある艫まで弓反り、三日月を横たえた形をしている。黄色の塗料は船喰い虫よけだ。

新しい白帆での帆走の用意がととのってから、黄河河口の村で、十二日間の風待ちをした。この間に再度、船体を点検し、樽に水を詰めた。

桟橋をはなれたのは、夏近い三月だった。

船を操るのは瀬戸塩飽島から選りすぐりで集めた水夫三十人だ。ほかに見習いの下働きが数人。水夫が漕ぐ櫂は両舷合わせて二十四挺備えているが、帆走が原則だ。艫《とも》に設けられた櫓の舵座では、水夫長ギッタンが舵棒を守っている。水夫たちは水夫長の号令ですばやく帆を張り、おろす。帆綱を引いて、弛めて帆の向き換えをする。錨を上げ下げし、櫂にとりついて漕ぐ。全員が呼吸を合わせ、ひとつになってきぱきと動く様は、無駄なく戦のようである。風や波という自然を相手に戦をしているのだ。そのほかの乗員は淡路島の漁師が数名。彼らは食料となる魚をとり、賄う。船上では水夫の手元となる雑役人足や奴卑も四十人ほどが乗船している。

中央の帆柱と船尾の間に雨風を防ぐ屋形がある。なかは部屋造りで、車籠が納めてある。船酔いのひどい小野妹子は屋形を使わず、乗員と同じ船板（甲板）に車籠を引き出して風にあたっていた。

帰路で屋形を使うのは、随大使の裴世清と彼の配下だ。彼らは恐ろしいほど船に強い。用便以外は屋形からまず出てこない。料理人を同行しているから、食事も倭人とは別だ。航海慣れしているのだ。


好天のもと大津を出航し、西風をとらえて外海に出た。

外海に出た直後から、波は壁となって立ちあがり、その頂点で崩れて船を叩く。船を任された水夫長は一瞬たりとも気を抜くことはできない。

大陸を目指して南下する往路と、小さな島を目的に北上する復路とは、海路もちがえば難しさも比べものにならない。わずかでも位置を読みちがえると、倭国の島々からはなれて漂流することになるのだ。

六明には小野妹子を無事に帰国させるという使命に加え、隋国大使の裴世清を命に替えても守るというむずかしい責務が増えたのだ。

幸い裴世清は船に強い。

小野妹子は苦手の船旅と大陸の黄砂、そして日出る処の正使としての責の重さで、出発時とは見違えるほど衰えている。強行な旅だから当たり前だ。年は六明とさほど変わらぬ筈だが、日に焼けた肌は火ぶくれで痛々しく老けこんでいた。

小野妹子が傷んだように、隋の大津で新造時に生まれ変わった船も嵐の遭遇と巨大魚の襲撃で傷んだ。船首側の帆柱を支える装置がやられて、今は破損箇所の応急修理でごまかしている。舵《かじ》柄《つか》と舵棒は木材でも特別硬い樫材を使っている。舵柄を舵につなぐ装置が巨大魚にやられたため、これも応急修理で保たせている。帆柱と舵、どちらも航海の命だから六明も船大工を手伝って海上でできるめいっぱいのことは済ませていた。

それでも次に大きな嵐に巻き込まれたら、とどめを刺されることを水夫長は心配している。白髪頭の白黒まだら髭のギッタンは小柄だが、筋骨たくましい体つきで、皺だらけの口から発するのは塩枯れ声だ。長年にわたり海で強い陽をあびたため、視力が衰えている。しかしその目はここ一番には獲物を追う鷹のそれのように鋭く輝くのだ。

これだけの巨船であっても、海が荒れると波の頂から真っ逆さまに谷底に落ちる。再び谷底から頂へと引っぱり上げられるの繰り返しだ。人は恐怖にすくみ、命乞いの叫びをあげ、祈る。

六明はそういう姿を見ていて思う。

自然の大きさ、強さ、惨さをだ。

そして、人間の小ささだ。

其の二

六明の見た隋。

中国という国の印象は、限りなく巨大でとてつもなく凄い国だということだ。

飛鳥の都と斑鳩しか知らぬ六明には、なにもかもが桁外れだった。遡った黄河という河など対岸がまったく見えぬ海だ。どこにいっても人で溢れ、海石榴市《つばいち》に集まる人の何十、何百倍という人がひしめいている。街も市場も人も混沌とするなかで、裕福な者から乞食まで男、女、子ども、年寄りとあらゆる層がうごめきたくましく生きている。

天子煬帝の宮がある大興城は東西二十里、南北十五里の矩形を高い外壁が護っている。壁の中には、幾筋もの川が流れている。川は人が造った運河であり、道と交差するところには中央を高くした石橋が架かっている。中央が高いのは帆柱をあげた舟が通過するためだ。東西に幅四間の十一の道、南北十二の道が桝目をこしらえる。道に面してならぶ家は土壁の瓦葺き、煮炊きする竈は屋内にあって、水を湛える井戸までついている。工人が雑魚寝する普請場小屋とは別世界である。

朱雀門の中ほどに建つ大興善寺では、千を越える僧が修行を積んでいる。法隆寺など比べられぬ巨大伽藍である。このような大伽藍が城内にいくつも建っている。石造りの九重の塔まであった。これらの都普請には数百万人の労役がつぎ込まれたという。斑鳩の法隆寺普請では、多くても千人だろう。毎日数万人が働く現場など想像もできない。管理する惣棟梁の頭はどうなっているのか。なにもかもが桁外れなのだ。

大興城がある都長安の東に洛陽という副都がある。地名で陽とは川の南、山の北を指す。洛という川の南の土地という意味になる。このように無駄のない考え方にも中国の歴史と文化の偉大さを感じるのだ。なかんずく六明は千年前から伝わる武術に惹かれた。ウーシューというそれは、手と足を回転させて相手の急所を打ち、一瞬で倒すという古武術で、長安にいた間は毎日、道場主のもとへ押しかけた。

「帆を張れいっ」

水夫長の声で、六明は浅い眠りから目覚めた。泳ぎ疲れて、居眠りしていたのだ。

昼下がりになって南風《はえ》が吹いていた。

「雲が出てきた」

南から吹く風は願ってもない順風だ。この風にのれば船足をかせぐことができる。筑紫の大津浦につけば水もあるし、そこからは内海を港、港でたどって難波に帰れるのだ。

順風にのって波をかき分けて進む。

細かい綿を集めたような雲が頭上一面を蓋している。

雲が朱色に染まり、波浪が荒くなった。うららかな空は、荒天を包みかくしているのだ。

「やつだあ、やつが出たぞ!」

舳先の見張り番水夫が銅鑼を叩き危険を叫ぶ。船に緊張が走る。不安と恐怖に立ちすくむ人を縫って六明が銅鑼のもとに急ぐ。

紺碧の水面に浮かぶ黒い影が、船の右十間ほどを並行している。

「運男、やつだ。夜中にきたあばれものだ」

六明は影に目をはりつけたままうなずいた。船体ほどの大きさ。未だあきらめていなかったのだ。水樽やオラバンの足を潰しただけでは不足か。ことさらに巨大な姿を見せて人間を威嚇して、愉しむ海の怪物だ。逃げても追尾してくるだろう。

巨魚が海面を跳ねた。

弓反った魚体がギラギラ輝く。船の舳先など食いちぎりそうな鋭い牙。鈍色の頭だけでも船の半分ほどのやつが空に届くほど跳ねて強さを見せつけた。跳ねたあとは海水を巻き込んで深底にかえっていく。水をかきみだしながら高速で浮上し、紺碧の海原で飛沫をとばしからだを弓ぞりにして跳ねる。それをあかずに繰り返す。やつが誇らしげに跳ねるたびに、船中は怯《ひる》み、声にならぬ悲鳴がひびく。

六明は巨魚の威嚇の行為は邪な戦術だと思った。奸計までもつとんでもないやつだ。

「海原の神よ、化け物からお守りを」

狂ったようにわめき手を合わせ、祈りを口にする人々のなかで、裴世清随一行はなにを考えているのか、船尾の屋形に閉じこもったままだ。

「水夫長、船をどうする」

「白い牙だった。ありゃ魚じゃねえ。わしは聞いたことがある。たくさんの船を餌食にして沈める白牙の化け物がいると。やつだ。海底で眠る船乗りの仇をとらにゃいかん」

老いた姿に似合わぬ熱さは、船乗りの意地だ。全ての船乗りを代表した果たし状だ。そう聞いたせいだろうか、やつの姿に殺戮者ならではの死者の霊魂を宿らせた者が持つ独特の惛さを覚えた。

水夫長が武者震いしてつぶやいた。

「船は止めるしかない、運男」

「しかし動かぬ船はいい標的になる」

「走っているときにやられたら転覆だ」

熟達した船乗りのことばは重い。六明が畏怖する水夫長だ。

「運男、仇討ちだ。逃げずに戦わなきゃならん。わしはあんたの運に賭ける。減速、減速だぁ、帆を下ろせ、船を止めろ」

水夫が帆柱にとりついてかけあがる。瞬く間に三丈登り切る。猿のような身軽な動きは水夫見習いのシゲジだ。風をはらんだ帆は膨らみ暴れる。シゲジの思いとおりにはならず手から逃げる。帆を納めるには船の速度が速すぎるのだ。シゲジが利き腕で帆柱を抱き一方の腕を伸ばす。釣り合いを崩す。帆が命を持った魔物のような凶暴さで水夫のからだにからみ巻きこむ。烈しく揺さぶる。シゲジを包み込んでいた帆が開く。

「あぶない」

悲鳴、人が散る。

船板にたたきつけられると思った瞬間だ。落下するシゲジは宙でトンボを切り着地した。

「うぉー」と歓声が湧き、得意満面のシゲジに血相をかえたギッタンがつかつかっと歩み寄った。

「このバカがっ、だいじなときにいっ」

手がシゲジの頬に飛ぶ。

「死にてえのか、勝手しやがって——減速してからだ、帆柱に上るのは」

シゲジのやる気が空回りした。

「元気出せ、おまえのやる気はみんなわかっている。残りの水樽を守ってくれ。堅くふたをして倒れぬようにしっかり縛りつけるんだ」

着地のときひねったのか、足を引きずるシゲジの肩を叩いて激励する。水夫長の雷でしょげかえるシゲジと並んで船尾に向かう。この一大事に屋形の随人に反応がない。じっと閉じこもっているだけだ。ことばがわからなくても、銅鑼の緊急合図は随でも共通だ。なにを考えているのかまったくわからないお人たちだ。

前回は船中が深い眠りについているときの来襲だった。あの一撃は白牙にとっては戯れの挨拶なのだ。やつは夜を待っている。闇を味方に襲撃する気だ。前の轍は踏まぬ。

「多々、手伝ってくれ」

六明は船大工と一緒になってすべての鉈、鉞に太くてがんじょうな柄をつけた。一間半から二間の長さの柄だ。船縁から竿を出して、かがり火をつり下げて海面を照らすようにした。

「まるで戦備えだな。まあ相手が魚では戦の駆け引きは通じぬか」

小野妹子が首をすくめた。

「備える時間は無駄にしない。できることのすべてをやるだけです」

「こいつでぶっ叩くか」

小野妹子は正大使という立場上剛気に見せかけているが、根は怯懦な男というのを六明は見抜いていた。

「一撃では蚊に喰われた傷でも、十人、二十人がいっせいに所構わずぶったたけば怖気づき逃げるかもしれません。やるしかない。そうだよな、多々」

多々が緊張してうなずいた。

「わたしには大使と裴世清様を倭国に連れ帰る責がございます」

「たしかにやるしかないな」

小野妹子がつぶやいた。

「この渡海に出るにあたって、払いのけられぬ試練は目の前にあらわれぬと皇太子様はわたしを送り出された。この船には六明という運男がいる。心強いよ」

口とは裏腹に声には恐れが出ていたが、六明は見ぬふりをした。

「吾らはがんばるだけだ。な、多々」

「おれはともかく向こうは頼んだぞ」

小野妹子が、長い顎髭をしごき、耳朶《じだ》を引っ張って屋形にむけてあごをしゃくる。

六明はかがり火につかう薪をひとりで割りつづけて、巨魚への闘志を増していった。


船体を打つ波音が不気味に響く。

嵐の前の静けさである。

水夫長は帆をたたみ、やつの来襲に備えている。船のぐるりを取り巻くようにかがり火をたく。昼の明るさだ。

かがり火のつくる陰の下で、経をとなえるのは随の寺で修行をつんだ高句麗の僧たちだ。彼らは皇太子様の招聘で倭国に向かっているのだ。六明は伊勢の神宮を思い描き無事を祈った。かがり火がぎらぎら反射する海面を凝視しつづける。ももとカッタバルの笑みが海面に浮かび、消える。

一念の祈りが利いたのか、白牙は現れぬまま夜明けを迎えた。

暁光を見て、緊張の一夜は去った。

明るい内は日の出方向に陸地を目指し、日が暮れると臨戦態勢をつづけて三日目の夜だった。その間、粘り強い警戒の中で、白牙は一度も姿を見せていない。六明には神出鬼没さが不気味だった。

狡知にたけたやつのことだ。

六明のあたまから跳ねあがった鈍色の頭部は消えない。かっとひらいた獰猛な口、残虐な目。


「少しでも眠ってください。私たちが見ておりますから」

六明が小野妹子や副使、官僚たちに声をかけながら船内を一回りする。三日目となると船に充満していた緊張もとけて、人々から巨魚への怖れも薄れていた。

風が出てきて雲が月を隠した。凶兆だ。

今夜だ。

六明の勘だった。いや月からの啓示だ。おまえはお月様の子だよ。かかさまのやさしい声が耳に甦る。

官僚たちには休めという一方で、船大工や水夫、奴卑の戦闘要員には厳戒態勢を敷かせた。

「水夫長、今夜のような気がします」

「運男がいうんだ。まちげえねえ。野郎ども、目ん玉おっぴろげて見やがれ。まじろぎなんぞしたらゆるさねえぞ」

「耳をすませば聞こえます。やつが近づけば音がする。聞きもらさないでください」

「ちっちゃな異常でも、大声でしらせろ」

かがり火の明かりで海面を見張る多々たちを回って気構えを呼び覚ます。

「順に寝てください」

要所の巡回も何廻り目になっていた。

「やつが近づけば波立ち、船が揺れます。注意を怠らずにおねがいします」

六明の野性的聴力がかすかな異音をとらえた。船が不自然に揺れた。冷や汗が流れた。

「来た、くるぞう」

警戒が最高潮になる。銛の柄を握る手に力が加わる。身を乗り出して海面をみつめる。

おっ。海が盛りあがる。水音がとどろく。すぐそばに頭が迫っていた。

今だあっ。くらえ、掛け声とともに長い柄の銛を振り下ろす。手応えがあって刃が白牙に頭に突き刺さる。かがり火の灯りに鮮血が飛び散る。

「狂え、狂えば恐れは去るぞ」水夫長の塩辛声が飛ぶ。

「こっちだあ、風下だあ」

「屠れ、屠るのじゃあ」水夫長の呪詛が絶叫する。頭蓋骨割れよと白牙の頭部に刃の打撃が集中する。痛むのか、じゃまくさいのか白牙が少し暴れただけで、白牙の頭に刺さった銛は打ち手の握りからはなれた。六明は船縁を乗りこえ、白牙の頭に跳んだ。海面に突き出た小山に登ったようだ。針山の如く刃の柄をつきだして興奮する白牙の頭に、釣り合いをとっていかめしく突っ立つ。突き刺さった銛を引き抜いて、再度打ち込む。力の限り打ち込む。白牙が尾で海面を蹴り、頭をもたげて強く振った。宙に投げだされた六明、反射的に伸ばした手が、船縁からかがり火をつり下げている竿をつかんだ。竿がたわんで火の粉が降り注ぐ。

「くらえっ」

折れた柄を水夫長が投げつける。

白牙がからだを縦にして、頭を水上にだしてキョロキョロ六明を探す。人間など一飲みする大口。笑っているのか。六明がかがり火籠から燃え盛る薪を掴むと白牙の頭へと飛び降りた。鉞の柄をしっかりつかみ腹ばいになり、落下をふせぐ。燃え盛る炎を白牙の目玉に突き刺した。

白牙が凶猛に潜った。

あっという間に曳きこまれた。白牙が流線型の全身を錐もみさせて潜水する。渦に呑み込まれる六明は魚から震えを感じていた。ただの怒りではない。震えの怒り。

深い底から全速力で垂直に浮き上がった勢いのまま、とがった頭で船底にぶちあたったら船は真っ二つだ。そこに巨体を乗り上げて船を木っ端微塵にするつもりだ。

怒りを鎮めねばならない。

どれくらいの深さに達したのか。突如、大勢が唄う歌が浮かんだ。

「ふるべゆらゆらとふるべ　ふるべゆらゆらとふるべ」

突然、六明の頭に飛び込んだ思念だった。白牙に関わり命を落とした海の男たちのものだ。

「こいつは淋しがり屋のこどもなんだ。かわいそうなこどもなんだよ」

たまたま水夫長があぁ言ったから、戦ったのだがもともと巨魚へ憎悪などない。図体が巨大だから怖れられるが、悪意など欠片ももたない。前回の船体への衝突もおどけた程度なのかもしれぬ。猫がじゃれるものだったら、ただ力の加減が――。弓反って跳ねていたのは、遊ぼうと誘っていたのだ。これまでそこに気づいた人間はいなかったのだ。図体は大きくても、淋しがり屋のこどもで邪気や剛気はないとしたら――。みんなしてぶっ叩き、目を焼こうとしたのは――。すまないことをした。一瞬のうちに、これらの思いがかけめぐった。

白牙が泣いている。慟哭している。六明も泣いていた。

おまえひとりじゃないぞ。この深い海でつながっているぞ。魚が潜水を止めた。

六明の頭に伊勢神宮、そして王の墳墓が浮かんだ。

間止利がつくる王の墳墓は、王の再生のためであった。王の霊魂が遺された人々とつながっているという考え方であり、不滅の生命だった。六明は白牙の餌食となった人々の霊魂と思いを交していたのだ。

「船が流されて、いつのまにか白牙の縄張りの海域にもどっていたということだったんです。だから白牙はまた現れたのです。飛び跳ねてみせたのは、また会えたと喜んでいたのです」

「それをわしらは威嚇していると思いちがいしたのか」

「おれ、五発はいきましたよ」

水夫長につづいて、多々が悔やんだ。

「神懸りな話ではありますが」

六明は深海で経験した奇跡的な霊魂とのつながりを話した。一同は帆柱下の船板で車座になって真剣に聞いていた。白牙との戦闘が嘘のように空は白々明けている。

「白牙が淋しがり屋のこどもで、深く潜ったことではじめて可能となる体験。白牙に宿る人々の霊魂との交わり、それを運男がしたんだな。わしは信じるぞ。ほれ見ろ、白牙のやつが船の横をうれしそうに泳いでおるわ。白牙と友だちになるなど、カジマは天下一の運男だ」

水夫長のことばに皆が賛同する。

やがて船は白牙の縄張りから出たのだろう。白牙がゆったりと方向転換すると、海面に泳ぐ跡を描いて引き返していく。水平線に向かって小さくなっていく友に六明は心で別れを告げた。

其の三

やがて襲ってくるのは颱風。

見渡すかぎり、逃げ込める島影はない。

小さなうねりが、前兆だった。

六明は帆柱に結んだ綱を小野妹子の細い胴腹につないだ。前回の嵐でも同じことをした。

「まるで罪人だな」

小野妹子が苦笑交じりの目を向けた。

「ご辛抱ください」

「皇太子様のためにも生きて斑鳩の土を踏まねばな」

六明は御意と頷いた。

日が暮れた空には星も月もなかった。巨大な漆黒が海との境を無くし覆い被さっている。

船体を打つ波音が不気味に響く。静寂さにとてつもない危機が潜んでいるのだ。

水夫長は帆を畳み、来たるべき波浪と風に備えた。それを見て急を知った人たちの命乞いの祈り。高句麗《こうくり》の僧の読経。

「少しでも眠ってください。私が見ておりますから」

六明が小野妹子や官僚たちに声をかけながら船内をひと周りする。昼の灼熱地獄と船酔いで疲れ切っている小野妹子がいびきをかきはじめた。六明は安心して、船尾の屋形に向かった。屋形からもいびきが洩れていた。隋語の寝言も聞こえる。だれもが疲れているのだ。

水夫たちは交代で寝ている。

六明は定位置の舳先の船板に腰をおろした。いつの頃からか、ここが最も落ちつく場所になっている。闇空を見上げ、斑鳩の寺普請をなつかしく思い出していた。

六明が斑鳩を去った数日後、チェボルは放火を企てた罪で処刑された。小野妹子の臣よりチョボルは蘇我馬子の間者と聞いたが、真実は定かではない、が今となってはふだんの立ち居振る舞いから、そうあってもおかしくないと六明は思っていた。

小柄の水夫がひとり右舷側で小用を足すと、やってきて六明の隣に座った。太腿の間に指を伸ばした両手をはさむいつもの座り方だ。そうしていると「安らぐのだ」という。水夫でもいちばん若いシゲジだ。船に乗れば腹一杯食わしてやる、そう言われて水夫になった。長門につれていかれ、からだひとつでこの船に乗って浪速に着いた。そしていきなりの隋行きだった。塩飽島には病気の母と弟妹がいる。父は五年前に嵐の海に沈んだ。シゲジは顔に天然痘の跡があるせいか人見知りがはげしい性格だが、下帯をやったのをきっかけにして六明のことを慕っていた。

「足、痛むか」

「たいしたことないです」

子どもながら無理をしていると思った、がそれ以上は口にしない。それが六明流である。

「カジマ様は休まないのですか」

「昼、寝たからな」

「恐くないですか」

「恐いさ。ただの通詞だからな。シゲジはどうだ、恐いか」

「水夫も恐いです」

「嵐を恐いと思っていれば生きて帰れる。甘くみると命をおとす。恐いと恐れるぐらいがちょうどいい」

「カジマ様も帰れますね」

「帰るところはないがね」

「塩飽にきませんか」

「ありがとう。もう船は十分さ」

「訊いていいですか」

「ことと次第によるな」

「以前、多々と三人で星空を仰いでいたとき、カジマ様は北斗の七つ星はあるが六つ星はないと呟かれました」

記憶にないことだった。渡海という異常な状況におかれて、不用意に漏れ出たのであろう。黒疣三点の六。黒三も六も余計者の証だ、がなぜそんなことを……、忘れていたはずが、意識の底に刻まれていたのだ。水夫長から北辰の星を見上げる角度で、船がどのあたりにいるのか見当をつける方法がある、と教えられた。それをふたりに聞かせていたときだろう。それから北の七つ星まで話が広がったのは覚えている。

「どういう意味なのかなと思いました」

「意味などないさ」

「意味なし」

「七つはあっても、六はないってだけだ。天界でも六は必要なしの余計者だ」

捨て鉢な言いように照れた六明は、闇空に北斗の六つ星をさがした。隣のシゲジも仰いだ。ふたりは黙っていた。

左舷の船縁で大柄の男が小用をたす。雑魚寝する人をよけながら、こちらに来る。長門の船大工の多々がシゲジが身をよせた隣にあぐらをかく。いつのまにか三人でこうして語るのが習慣になっている。

「長オラバンの傷はどうだ」

「傷が腐ってきて、寒がっています」

長くはない。多々の声にそれが滲んでいた。六明が見たときは、オラバンの左腿の傷口から白い骨が飛び出ていた。

「カジマ様となにを話していた」

沈みがちの雰囲気をかえるように、多々が明るい声でシゲジに訊いた。

「なにも、星を探していた」

「闇夜にか、いいかげん言うといわすぞ」

「探していたんですよね、カジマ様」

「意味のない星探しだ」

「ったくよう」

済南《さいなん》の風待ちの間、寺回りする六明に同行したのが多々だった。折良く新堂の普請中だった寺では、工人たちの仕事ぶりを見ることができた。六分方できあがった堂を見物しながら、多々に問われるままに寺造りに必要な規矩術のさわりを教えた。多々は船造りとのちがいに興味を持った。六明のいつになく熱の入った話に刺激を受けた多々は、倭国に帰ったら寺造りの工人として出直すか迷っている。空にそびえる塔を建てたい、と目を輝かせた。その熱から以前、六明が胸のうちを小角にぶつけた日を思い出した。

あれからずいぶんと遠くに来てしまった。

「さすがふたりはピンピンだな。活き活きしている。ほかの連中は船にうんざりだというのに」

六明が言う。

「おれたちはうまくやっているからな。シゲジ」

「海との年期がちがう。こっちは生まれるまえから船だ」

ふたりは当然だ、と肩をそびやかし笑う。

「水夫長が明日は嵐になると言っています」

シゲジが多々に声を潜めて教えた。

「そりゃたいへんだ」

多々の声におどけがあった。

「まあ、言われるまでもなく、そういう感じはあったな」

「恐いですか」

「そりゃ、恐いわ」

「よかった」

「なにがよかったじゃ。コラ」

「内緒です。ね、カジマ様」

「カジマ様って、ボケ、おまえ、おとなおちょくると」

多々がシゲジの髪をくしゃくしゃにする。

「やめてくださいよ、カジマ様、助けて」

「わかりゃあええ。トビウオの大群が北東に逃げていた。百尋下の海では大物も避難しているでしょう。やってくる嵐はまえのやつより強くてでかい」

「どうだ、多々。船は保つか」

「シゲジ、朝飯は悔いのないように腹いっぱい食うんだぞ」

多々がシゲジの肩をどやす。六明の肚の奥がきゅっと縮んだ。

しみじみとした沈黙。

おれは運男だ、と六明は思いを反芻する。

「運てえやつはよ、こいつばっかりは人間の知恵ではどうしようねえ。どれだけジタバタあがこうが、見放されたらおしめえだ」

と言うのが水夫長ギッタンの信条だった。水夫長は六明という運男を見つけた夜、酒を手にその信条を打ち明けた。

明日は嵐を乗りきることができるか、乗り切れたとして、どの程度の犠牲を出すことになるのか、すべては六明が持っている運の貫目次第《かんめしだい》ということなのだろう。

三人が黙り込み、考え込む夜だった。

あちらこちらから調子がちがういびきが洩れてくる。ヤブ蚊の羽音のようなやつ、猛獣の吠え。喉の奥でころがすようなもの。船をゆるがすような猛烈なのもある。それらが順にくり返される。三人は笑い転げた。腹を抱え、痛めていない方の足をドタバタして笑うのはシゲジだ。もうとまらなくなっていて涙が出ている。悪くない。これだけ笑えれば明日が最後になっても悪くない、と六明は思った。

沈黙をこわしたのは、多々だった。

「ところでそろそろ教えてくださいよ。カジマ様は倭国に帰ったらなにをするんですか。夢と言うかやりたいことです」

随にいる頃から、多々はこの問いかけをしてきた。そのたびに六明は答えをはぐらかしていた。

「シゲジは死なずに帰って、かあちゃんのために塩飽で舟持ちになるんだよな」

「オヤジを海にとられた後、おれらを食わすのに働きすぎたんだ。舟があれば楽できる」

「ひよっこが一丁前やな」

多々が茶化した。シゲジがムッとしたところをすかさず、

「でもいい心がけや。かあちゃん、大事にせいや」

すかしてみせた。その語尾に六明が重ねた。

「多々、これが夢だ。自分以外の人間を思うから夢だ。おれのは夢じゃない」

特定の思う人がいないとは言えない。

「海の底に沈む前にその夢じゃないことを教えてくれませんか」

六明は短くため息をつく、とこう言った。

「多々よ、恥は自分の胸におさめておくものだ」

誤殺とはいえ人ひとり殺してしまった自分に夢や希が許される筈はない。わかりきっていることだ。消したい過去とは思っていない、が他人に詳らかにすることではないと思っているだけだ。

六明の気持ちが通じたのか。沈黙がつづいた。

「シゲジ、明日は長い一日になる。もう寝よう」

多々がシゲジを立ち上がらせた。

ひとり残された六明の背中を微温《ぬるい》い風が押す。風はいずれ陸地に届く。

夢なんて、生き残ってからのはなしだ。

唐突に陸地が恋しくなった。

ゆるやかに起伏する草原を走る足裏の感触がよみがえった。もういちどぬかるみを歩けるのか。野に咲く花を見ることができるのか。暗い空にももの顔が浮かんだ。かなしげな目で六明を見ていた。

六明は歌を聞いた。

透き通ったおんなの声が奏でるあの調べだ。記憶をたぐりよせて口ずさんでみた。

夜が明ければ、朝が訪れる。

当たり前のことだが安堵する。

あまつさえ嵐が近づく海原で小船に揺られる状況ならば、夜が恐しいのは知れたことだ。

夏の明けは早い。東の空の根元がわずかに白くなっている。六明はまんじりともせずに迎えた朝だ。だれもが消耗しきっている。船を任された水夫たちは緊張でくたくただが、気をゆるめることはできない。これまでは前奏にすぎないのだ。明るくなってくれただけでも勿怪《もっけ》の幸いだ。

熱を帯びた風が南から吹く。肌に粘りつく吹きかただ。

気づくと天に祈りを捧げている人がいた。こういう環境で人にできることは信心だけなのだ。信心が心に平穏をもたらし、嵐に立ち向かう勇気を湧かせるのだ。

仄白さの中で、遙か遠くから次々と押し寄せるうねり。うねりは見る間にふくらんでいく。

水平線に生まれた黒い雲が、刻々と迫っていた。

うねりに乗った船首が持ち上げられ、空が近づく。悲鳴と怒号のなかで肉体がぶつかりあい、もがき、つかめる物を手探りし、そっくり返る乗船者。

「嵐が近いぞ」

水夫が空を見上げて叫ぶ。船首で銅鑼が連打される。

水夫長が舵を取りながら、綱で身体をくくる指示を出す。

「運男、頼んだぞ。殺したくなかったら、正使と一緒に隋の旦那を帆柱にくくりつけとけ」

水夫長のギッタンはだれに対しても遠慮がない。相手が正使の小野妹子であってもだ。裏表もなければ嘘もない。六明が船尾の屋形に出向き、おおそれながら大使様にお願いがあります、と裴世清の通司に水夫長がと伝える。

「倭人に命令される覚えはない」

予測どおりの誇り高い返答に六明は、あいまいに微笑んで頷いた。しかたなしに水夫長に目でどうすると訊く。死にてえんだろう、ほっとけと毒を吐く。倭ことばがわからぬのに、毒の気配には敏感な裴世清が、屋形のなかに据えた車籠から身をのりだしてやり返す。

「嵐もよけられぬへぼ水夫の言うことなど聞けるか」

「野郎、なんだって」

「国に帰りたいそうです」

「ふん、かあちゃんのおっぱいが恋しんか」

気短で癇性な質の水夫長にほんとうのことを教えるわけにはいかない。

「カジマ、ちょっと寄れ」

小野妹子が手招きした。流されぬよう帆柱の根本と綱でつながっているため滑稽な姿だ。

「どうした。また面倒か」

小野妹子がしかめ顔で顎を屋形にしゃくった。六明が経緯《いきさつ》を話す。

「この期にあってもさようなことを。今は総力を集結するときに随も倭国もないわ」

小野妹子が舌打ちした。

「どうしたものか、手がかかる御人だな」耳朶を指で引っ張る。小野妹子が考えるときの癖だ。

嫌な予感がした。この男が耳を引っ張りはじめるとしわ寄せは六明にくる。

「カジマ、お主は見上げた奴だ。おれはお主を認める。さすが皇太子様がおれにつけた運男だ」

わざとらしく唸ってニッと笑った。子どもが悪戯に成功したときに見せるような笑いだ。

「そこでだ、お主にまかす。絶対に裴世清を殺すな。ふん縛ってでも息をしている隋大使を皇太子様に謁見、いや推古天皇様に朝見させるんだ」

「手荒いことはできません」

「手際よくやりなさいよ」

例によっての無責任の人任せだ。肌が粘り着くのは湿気だけが原因じゃない。

「うかぬ顔だな。まずは任務だ。男なら不満は胸の奥にしまっておきましょうよ」

去れと首を横に振った。六明は肩をすくめ苦笑するしかなかった。ずっと船酔いしてろ、というのが本音だ。長安までの陸行は馬を使ったが、あのときの小野妹子がもどっていた。また面倒が増えそうだ。六明は船大工衆が車座になっているところで多々を呼んだ。

「どうされました」

「板挟みだよ」

「大工らしくていいじゃないですか」

「大工は首になった」

多々が軽口で雰囲気を替えようとしてくれるが、乗れる気分ではない。

「与太話は嵐をのりきってからだ。それより頼みがある」

神妙に頷く多々に笑みはない。六明に同情するだけでなく、力まで貸そうという数少ない頼れる味方だ。

「嵐がきたら、正使を守ってくれ。生きて倭国の土を踏ませねばならぬ。ひとたび嵐になれば配下の役人も我がことで手いっぱいで役にはたたぬ。正使をしっかり受け止めてくれ」

「おまかせを。小野様にひっついていてはなれません」

「おれも大使にそうする」

「そりゃあ、難儀だ。小野様の方でよかった」


間もなくして海はたぎった。

あたかも船は山頂から谷底に突き落とされ、谷底から山頂に引き上げられるようだ。閉じた口内になにかが溜まっていく。うねりが船を引き上げるたびに、口に酸っぱい物がこみ上げる。青ざめた顔でこらえるが、我慢がとおる吐き気ではない。からだをくの字にして吐瀉がはじまる。

「つかまれ」

六明が怒鳴り、船板に縦横に張った綱を諸手で握る。船首が下がったときに、襲いかかる波で海に放り出されないためだ。

「舵を切れ」

右舷の櫓にとりついた水夫が漕ぎ、船を回して横波をかわそうとする、が波に押されて船が踊った。横波は命取りだ。舵取りと櫂の調子をあわせて船首が波がしらを切るかたちに、船を向けるのが水夫長の腕だ。舵柄が損傷していては従来のやりかたが通じない。船が波に対して真横になる。船体が持ち上がり、忙しく漕ぐ櫂が空を切る。

不気味な音をさせて横波が船体にぶち当たる。砕けた波がしぶきとなって船内に飛び込む。ぐうっと船が右舷に傾く。悲鳴。船板を人が転がる。屋形の奥から隋ことばの罵りが聞こえた。

船内は水浸しで最早、操船はむずかしい。

「沈む、もうだめだ」

随語の悲鳴だが、大使の声ではない。六明は屋形に這って自分の腹に巻いた綱を裴世清につなげようとする。

そのとき船首が圧され、船体がぐいっと矩に四分の一回転した。船首が波頭を切りさく体勢になったのだ。これで凌げるが、なぜ……。

「白牙だあっ！　やつが」

船首の見張りが波音にも負けぬ声をあげた。六明のいる処から救世主の姿は見えない。そのとき、再会の挨拶をするように白牙が跳ねた。

「白牙っ！」


「雨だっ」

いきなり烈しい雨が叩きつける。

渇いた身体が待ち望んでいた真水だ、が今はそれを受け入れる余裕がない。波に翻弄される船上では、口を開けて雨を飲むことさえできない。用意の盆に雨をためようにも、船縁を越えて飛び込む海水と混ざるだけだ。それでも本能から掌を丸めて器をつくり、たまった雨の数滴を舌でなめる。船板にうずくまる人に逃げ場はない。雨に叩かれ、波しぶきを浴び、船の揺れに耐える。何度目かの命乞いが起きる。それが伝わっていく。

風、雨、高波。

船はあまりにも小さい。

そこに百人からの人間、ひとりひとりの命がひしめいているのだ。

其の四

海水が塊となって流れ込んできた。悲鳴がして船尾にいた水夫のひとりがよろめいて転倒した。屋形の真裏だ。

「だれかあ、手を貸してくれ。けが人だ」

水夫の叫びを雨が叩く。

「オイ、しっかりせい、目をあけろっ、シゲジ、頭、頭うったか。ドジめ」

仲間の水夫が抱き起こそうとしている。砕けた波がかかる。烈しく揺れつづける船上で、倒れたものを抱きおこすのも容易でない。

「シゲジ、しゃんとせい」

シゲジ。足をくじいていたせいか——。

六明が手を貸そうと船板を這いずる。船が傾く。後ろへ転がりそうになるのを、手が咄嗟に船板に張られた綱を掴んでこらえる。シゲジを助けに向かった水夫が重心を崩して転がり、鈍い音をさせて六明にぶつかる。手から綱がはなれそうになる。そこを水の塊が襲う。口に入った水は塩辛く、咽せる。今度は船が前に傾く。軽くなる。六明に重なっていた水夫が前にふっとぶ。六明もつんのめるように進む。その勢いを利用して、シゲジにたどり着く。胸を揺すって、名前を呼ぶ。繰り返し、揺すり、名前を呼ぶ。胸に耳をあてる。心の臓は動いている。

「生きているぞ、舵座に運ぶ。手を貸してください」

舵座には風囲いがあるので、波よけになる。

三人がかりで、気を失ったままのシゲジを舵座の床に寝かし、流されないように縛った。

「じゃまだぞ。どうした」

舵棒を握る水夫長が、足元を見て訊いた。

「屋形で頭を打った」

「息は」

「ある」

舌打ち。

「転がしとけばいずれ正気づく。おうっ、嵐の奴ァひと休みか。今のうちだぞ」

「なにをだ」

「どれだけ船に乗ってるんだあ、運男。この場で今のうちといえば、荷物を捨てて、船を軽くするしかないだろうが、錨の重石まで放ったんだ」

水夫長の罵声が波に散る。

「食いものと水以外ぜんぶぶんなげろ」

前の嵐でおおかたの荷は、船を軽くするために捨てたし流された。隋の煬帝から贈られた大熊猫は溺れ死んだ。残っているのは六明たちが必死に守った物だけだ。皇太子に贈られた経典、仏像、厨子などだ。それ以外に裴世清や彼の配下の私物が残るだけだ。

「水夫長、もう捨てるものがない」

「船が沈むぞ。おまえが言えないなら、おれが小野様に掛け合う」

「わかった。頼んでみる」

小野妹子に掛け合った。船酔いで苦しんでいた小野妹子の顔に精気がよみがえる。

「たわけたことを」

細い目が六明を睨んだ。神経質に手がカタカタと船板を叩く。耳を引っ張る。

「銅鏡に経典や仏像、厨子。皇太子様がどれほど待ち望んでおられることか。特に厨子は若草伽藍に」

「海に流せないとおっしゃるのですね」

「ほかを考えろ」

「では、裴世清大使様のお荷物はいかがでしょう」

「正気で言っておるのか」

小野妹子の目が冷たく光った。

「私の使命は例え我が身が朽ち果てようと、裴世清大使に倭国へお渡りいただくことだ。お荷物も障りなくな」

「しかし水夫長はいまのうちに軽くしないと船がもたぬと」

「私の使命がわからぬか」

「そんなことを言ったら、船にはもう人間しか」

「人間、よいな。お主、よき発案だぞ」

「おたわむれを」

冷酷、うす笑い。

船板にうごめく人を漁る目つき。船内は半病人で満員の盛況だ。六明は糸のように細い小野の瞳に視線をからませた。

「本気でございますか」

「浅慮だな、カジマ。このたびの航海は倭国をあげての偉業だ。成功が試されている。それがわからぬお主ではあるまい」

「おことばでございますが、人の命ですよ」

「前の嵐で、僧がひとり戻らぬではないか。おまえが飛び込んでみたものの波に叩かれ沈んでいった。つきがない奴なんだ。隋行は戦だ。国をあげての戦に犠牲はしかたなきこと」

六明の頭は混乱していた。

乗り組んだ人間が無事帰ることと、隋国から贈られた品々を持ち帰ることのどちらが正しいのか。

「つきのないのがいるだろ。病で動けなかったりするのが」

遠くを見るような目。

「そんな」

「少なくても三人は、いるな」

「用意がいい。まるで……、そういうことですか」

前に荷を捨てたときから次は人だと、とあらかじめ心に備えていたのだ。船酔い漬けの半病人が悪鬼に見えた。自分が動けないくせに身勝手なものだ。だいたい裴世清に対して角を突き合わせるようなことしかしないと腹を立てていたのだ。

「若い僧、船大工の長、つい先ほど怪我した水夫の雑役」

鳥肌が立った。腐ってやがると視線をからませる。

「シゲジですか」

振り向いてもここからは屋形が邪魔して舵座は見えぬが、水夫仲間がシゲジを介抱しているはずだ。闇空に六つ星をさがした相棒に、つきはないのか。

「まだまだいるぞ。奴卑らはどうだ。奴らなら人ではない。理不尽だと思うか。この理不尽さが世の中だ。奴卑並にはわからぬか。おまえ、物部の生き残りだってな。余計者で一族から見捨てられたんだろ。だが今は吾の従者だ。這い上った者らしく現実に目を向けることだ」

六明はゆっくりと注意深い目をそそいだ。馬を連ねて大興城の大門をくぐり入城したときように堂々とする遣隋の正使がいた。使命のためなら鬼になる男なのだ。

「つまらぬ感傷で目を曇らすな。巧妙に立ち回るためにここにいることを忘れるな」

自信が語気の強さにあらわれていた。感傷なんかではない。情だ。情ではいけないのか。理が情に勝るのか。

「皇太子様が名さえ知らぬ者ども。知る必要もあるまい。だが玉虫厨子の価値がどれほど高いものかはおわかりになる。骸《むくろ》のような病人を連れ帰るのと厨子を持ち帰るのではどちらが忠義か考えるまでもあるまい」

声を荒げて叫ぶ。自分のことばに酔っている。理ではそうかもしれぬ、が胸が苦しい。この苦しさこそが、邪《まやかし》ではないという証ではないのか。忠義なんてものをかきむしりたかった。

「光を得るには暗闇を抜けねばならん」

どうだと悦に入る小野妹子。もどかしさに大声をあげたい。

「おまえの仕事はおれと裴世清を殺さぬことだ。策があるなら出してみろ。目的のためならすべての手段を正当化するのが忠義。カジマ、皇太子様は当人の手に余る仕事は決して与えない」

船内に溜まった水を掻き出す。掻いても掻いても浸水する。だめだ。船を軽くする手段。ひらめけ。小野妹子の勝ち誇った薄笑いに焦れて、激しく揺れる船内を見渡す。苦しい航海で半病人ばかりだ。風雨が容赦ない。船も揺れる。

咄嗟にわいた思い。

小野妹子を海にぶん投げろ。やつの配下もだ。三人放り込んでつきがなかったな、と言ったら、おかしくなった。泣きたいほどおかしかった。塩飽で舟持ちになるのを夢見るシゲジ、つきをつかめ。声を出して笑った。

気づくとまわりからざわめきが消えていた。六明の視線と出会うと、ついとよそ見をする者ばかりだ。寒々とした空気、聞いてない、見ていないと全身で嘘をつく者たち。小野妹子も憤然として自分に舌打ちをした。六明は視線を感じていた。周りより頭ひとつ大きい船大工小頭の多々の目、気になるほど表情がない瞳が六明の方を向いていた。胸が詰まった。怒れ。おまえの親方を投げ捨てると言っているんだから、怒っていいんだぞ。

「多々、おれは――」

多々が首を振った。

そのときだった。

船尾側から巨大な水の塊がぶちあたる衝撃。視界が揺れて踊った。つんのめり、咄嗟に目の前にあった帆柱に抱きつきこらえる。小野妹子が座したまま飛ぶ。鈍い音。悲鳴。叫喚。

なにかが変だ。

振り返る――、見慣れぬ船尾――、のっぺりしている。声が出ていた。屋形がない。屋形部分がそっくり船体から消えていた。一撃でもぎとられたのだ。中にいた人間は、――ふっ飛んだ。

胴体を綱で縛っていなかったのは――、

「裴世清サマァ」

悲痛な叫びは隋語だった。

「人が落ちたぞ。船を風上に回せ」

水夫長の塩辛声。水溜まりと化した船内をざぶざぶ右舷へと急いだ。

船から五間。人が流され黒い頭が浮き沈みしている。浮きあがり、両手をばたつかせて助けを呼ぶ。

小野妹子の日焼けの赤顔が青くなる。

「くそっ、大使か、裴世清か」どたばた慌てふためく。「助けろ、ぐずぐずするな」

配下か六明か、どちらに命令しているのかわからない。主人に劣らずおろおろする配下たち。

水夫が必死に櫂を漕ぐ。水夫は身体を綱で船体と結び落水を防いでいる。水夫長が舵棒を絶妙に操作する。船を風上に回り込ませて、落水者を波と風から守るのだ。こうすれば船と人が近づき、はなれることが少ない。逆だとはなれるばかりだ。

「なにをしてる。早うせんか、早う、カジマ、おまえ」

小野妹子が切羽つまって、声が裏返っている。

六明は帆柱の根本に結んだ綱を自分の胴腹に巻きつけしっかりと結ぶ。船が風に押されて傾いたところを見計らい、荒れ狂う海に頭から飛び込んだ。全身が重たい水に覆われる。気持ちがすっきりする。飛び込んだ勢いのまま、一度、海中深くもぐる。水深一尋ほどの潜水。頭を上にして手で水を掻きながら周りを見渡す。泡だっていてなにも見えない。探しているのは白い脚だ。もうひと潜り。さらに一尋。水深にして二尋、――水圧で耳が痛い。鼻をつまんで耳抜きをする。耳の痛みが一瞬で消える。

僧を助けられなかったことで学んでいた。

荒れた海で浮上したまま落水者に近づくことの難しさだ。落水者がこちらの姿を認めたとたん暴れもがくため、船からはなれてしまうのだ。

裴世清はどこだ。どこにいる。場所を変えてみるが白いものは見あたらない。一度、浮上した。風波が弱まっているのは、船の陰に入ったからだ。水夫長の操船で、船が風上に回っていた。目の前に浮かんでいるのは屋形の残骸だった。人間のからだほどの黄色の木材が波に翻弄されている。捕まえた木材を右腕で抱え込み、腹ばいになって上半身を預ける。からだの重さで沈みかけた木材が浮力を取り戻した。船を振り返る。舷側で小野妹子と多々が手を振り、叫ぶが声は届かない。ふたりも波と雨でずぶ濡れだ。六明は腰に捲いていた綱をほどき、木材の中央で結び直す。これで材につかまっているかぎり浮いていられる。綱が切れないかぎり船から流されることはない。後は裴世清を救助するだけだ。多々が手を伸ばして指さし方向を叫ぶ。

泳ぎにくい海面を木材に身をあずけたまま水を掻き方向を変える。うねりにのってぐぐーっと浮きあがったときに発見、うねりの底にぽっかりと浮かび上がった黒い頭。わずか二、三間先だ。泳ごうともがいているが波力に抗っているだけだ。

「動かないで、動かずにそこにいてください」

口から出たとたん声が波に呑まれる。こちらが見えていない。

木材にからだをあずけたまま、手で波を漕ぎ、水を蹴り黒い頭に近づく。

「裴世清様、落ちついて」

抱えていた木材からはなれ、ゆっくりと頭から水中に沈んだ。ぼんやりと見える白いもの。裴世清の長衣だ。必死にもがく足。頭を下にして、手で水を掻き、さらに深くもぐる。水面から二尋ほど。見上げる。ぼんやりした白いものに向かって水を蹴る。一気に浮上する。視界の中で白い影が大きくなり、はっきりと人の下半身が見えたところで、真下から腕を入れて裴世清の胴体をまきこんだ。裴世清が驚いてなにやら叫ぶ。バタバタ抵抗する。その重みでぐっと沈む。裴世清のもがく足が六明の下腹を蹴る。このままでは共倒れだ。一度、海面に出る。

六明は少し沈んで、裴世清の下顎の中心を掌底で軽く突きあげる。裴世清はすとんと気を失った。顎の急所牙顎《ががく》を突くと、人は頭の中身をふるわせて一時的に意識を失すのだ。唯一会得できたウーシューの技だ。千年前からつづく中華武術だ。

力が抜けた裴世清は浮力が増し軽くなる。右腕で裴世清を横抱きにして足で水を蹴る。波の上で黄色が踊っているのを見上げる。綱で縛りつけた木材が波に捲かれ宙に飛び、頂点から黄色の塊が降ってくる。間に合わない。咄嗟に裴世清を覆うようにしてかばう。左肩に衝撃。激痛が走る。腕の力がゆるむ。脇で抱えていた裴世清がすぽっと抜ける。気絶したままの裴世清を波濤がさらう。ちきしょう、脱臼したらしく左腕に力が入らない。チェボルが振り下ろした石で骨折した肩だ。

右手で水を掻き、仰臥したまま波に浮かぶ裴世清を追う。失神したまま流されたらおわりだ。水を掻く、痛めた左、しんどい。左をかばい泳ぐ。もう少しだ。右手を伸ばす。ふわふわ浮いている長衣の裾に指がふれる。腕を伸ばしきってつかむ。ひっぱる。こちらに寄せる。すーっとやって来た。木材が宙を飛んできて、ふたりの手前六尺に着水した。船から多々が六明を狙って投げたものだ。泳いで近づき、痛めた左腕で木材を押さえつけて海中に没し、その上に右手で保持する裴世清をのせる、が波とうねりが邪魔をする。水面下で浮力が働いた材は垂直に立ち上がって水面に踊り出てくる。うまくいかない。あきらめずにくり返す。何度目かでうまくいった。多々や水夫が綱を引く。裴世清が落ちないように右手で押さえ、水を蹴る。うねりで裴世清がずりおちる。引き上げるがきつい。多々がなにかを叫び、飛び込んだ。水を切って泳いでくる。

六明の掌底が裴世清の顎を再び突く。びくっとからだを震わせ、咳き込んだ裴世清が海水を吐き出し意識を取りもどす。

そこに波ががぶる。

「おまえは」

「船に戻ります。腹ばいでしっかりおつかまりください」

裴世清は不満そうな顔をしたが、なにも言わなかった。多々が必死の泳ぎで追いつく。息を荒げている。ふたりで裴世清を寝返りさせ、腹ばいにする。落ちないように背中を上から押さえつける。多々が船に向かって手をふる。

「首を上げて、口は閉じて。水飲むな」

裴世清が不承不承にうなづく。多々が船に向かって腕を回す。小野妹子と彼の配下、船大工衆が舷側で綱を引く。裴世清をのせた木材が船へと引かれる。

船が流されないように水夫がいっせいに櫂を漕ぐ。

波にもてあそばれる船。波に踊る裴世清。

船の傾斜に船板を滑る人。握った綱は手からはなさない。船が近づく。引っ張られて船縁に近づく、手が届きそうだ。水夫と船大工が船板に腹ばいになって腕を伸ばす。六明と多々、力を合わせて裴世清を押し上げる。

今、少しだ。腕を伸ばせ。がんばれ。船から裴世清に声が飛ぶ。六明も立ち泳ぎで水を掻き、痛めた左腕も使い裴世清の胴を抱えて持ち上げる。縄ばしごを途中まで下りてきた水夫が腕を伸ばす。

苦痛に耐えて力をこめる。その時だった。

「鮫だっ」

六明は振り返った。

「気をつけろっ。やつらは嵐で気が立っている」

六明の背後で青黒い三角の背びれが浮きあがったのだ。それも一尾、二尾ではない。数匹の群れだ。恐怖が背中を走った。

端《はな》より死は覚悟しての任務である。

鮫に食われるぐらい、と身体にたたき込んでいたはずなのに、一瞬でも我が命を惜しむような気持ちになったことは六明にとって恥以外のなにものでもなかった。

異常を感知した裴世清も振り返った。人を丸呑みしそうな濡れた口。声にならぬ悲鳴をあげて木材の上でもがき無様にのたくった。必死に水を蹴る。木材に立ち上がろうとしているのだ。水しぶきが立った。顔に恐怖の表情を張りつかせた多々が、金縛りになっていた。

「多々、しっかりしろ」

六明は多々の頬を強く張った。

「助けてくれ」

「急げ。まず大使を上げてからだ」

吾にかえった多々がばか力を振り絞って、裴世清をぐっと持ちあげた。縄ばしごに片手をかけた水夫が裴世清の右腕を引きずりあげる。船縁の水夫が延ばした裴世清の腕をつかまえた。裴世清が引っぱり上げられる。せーのとかけ声に合わせて、ずるっと裴世清が船の縁に引き上げられた。つづいて縄ばしごにぶら下がった男が手を伸ばす。

「早くっ」

「多々、おまえだ」

「カジマ様は怪我をされています」

ぐいっと背中を押され六明は縄ばしごをつかんだ。六明は安定しない縄ばしごに足をかけた。痛めていない腕だけで、海面から出た分、浮力を失い重くなったからだを引き上げる。船の揺れで踊る縄ばしごにもう一方の足をかける。からだをぐいと伸ばす。

「いたっ」

縄ばしごの途中まで降りてきた水夫が六明の左腕をつかまえた。かまわず引き上げられる。素早く昇った。船が揺れる。縄ばしごが暴れる。六明は反射的に縄ばしごにしがみついた。

「多々」

振り向いたそのとき、背後で人間のものとは思えない絶叫が響いた。多々の身体が海中に引きずり込まれる。多々、——再び海に飛び込もうとする六明を船の上から強い力ががっしりと抑えつける。引き上げられる。

海面が赤くなった。


船に戻った六明はやりばのないもどかしさから、裴世清を睨みつけた。

徹頭徹尾、倭国、倭人を蔑視することで、自分を大きく見せてきた男の目におびえが浮かんだ。

「なんだその眼は？　助けた礼でも言って欲しいのか」

六明の胸に空虚が広がった。頭がすーっと冷えていった。拳で力一杯船板を叩いた。肩に激痛が走った。歯を食いしばって、

「もう一度言えますか」

再び裴世清を睨みつけた。

九死に一生を得た裴世清の顔が恐怖にゆがんだ。


二日後の夜だった。

まったくの無風地帯に入っていた。

宵闇のころの空には星があった。一刻ほどまえから霧がわきだして、今やすっぽりと船を包み込んでいた。船は乳色の霧のなかをゆったりと揺れていた。自分が、船がどこにいるのかわからなかった。

穏やかな波を子守歌にして、船中が寝静まっていた。起きているのは六明ひとりだった。

あちらこちらから聞こえるいびきや寝息を、聞くともなく聞いていた。

昼の熱を霧が冷やしたせいで、夜気が気持ちよかった。六明の足元にはシゲジの遺体が横たえてある。今宵、六明が夜を徹しての見張り番を請け負ったのは、シゲジとひとりで別れたかったからだ。

打ち所が悪かったシゲジは意識を取り戻すことなく、今日の午頃に息をひきとった。舟持ちになって島にいる母を楽にするという童子の希望が、日の目を見ることはなくなった。

シゲジ、陽気にふるまっていた。子どもらしいはしゃぎが、六明には妙にわざとらしく映ったこともある。健気にそれほど気を使っていたのだ。

六明は冷たくて、棒のように固くなったシゲジを抱きかかえた。息を深く吸い込み、シゲジを船縁にそっと横たえる。命は死んだ途端に物体となって腐りはじめるのだ。

手をあわせ冥福を祈る。

六明は固唾を呑んで、一息に押し出した。途中から手に伝わる抵抗が軽くなり、小さな水音をさせてシゲジは乳色の霧が蓋をする海に飲み込まれていった。

「海の底で多々と会ったら、よろしく伝えてくれ」

多々もシゲジも死んだ。メチギセムもだ。

自分に恩愛の情を示した人間は軒並み死んでしまう。

なぜだ。

周りの人間を殺して、自分が生き延びることが運男なのか。どうしようもなく泣いた。

時間が空白のまま流れていった。右舷の船縁で大きな魚が跳ねた。

霧に強い冷気が含まれているのか、急に冷え込んできた。

眠気をおぼえて眼を閉じた。浅いまどろみから、眠りに落ちた。

荒れる海で六明と多々が黄色の材に身を預けて浮いている。早くしろと船縁からせき立てる声が降ってくる。六明は多々におまえがさきだと、多々の腕を引こうとするが、左腕はうごかない。左腕をしっかりと押さえつけているのは、必死の顔のチェボルと石雁だ。一瞬のすきをついて多々が六明の背後に回った。おまえがさきだと抵抗しているうちに逆に多々の両腕に胴をつかまれた六明は持ち上げられてしまう。船縁から伸びている数え切れない数の手が六明の腕を捉える。ぐいっと身体が持ち上げられた六明は水面から宙に踊りでて、船縁に腹ばいになる。そのとき背後で、この世のものとは思えぬ絶叫が発せられる。

多々、多々と六明は叫ぶ。海面が真っ赤に染まっている。真っ赤に染まった海に四方八方から乳色の霧が押し寄せてきて包み込んでしまう。

霧に血の臭いがしみこんでいる。

現世《うつしよ》と冥府《めいふ》の境にいると直感的に気づいた。なぜか恐れはなかった。

霧のなかからなにかがぷかりと浮かび上がった。眼を懲らすと海に流した筈のシゲジだった。

シゲジがカジマ様、塩飽はどちらでしょうか。こう霧が深くてはわかりませぬ。カジマ様、かかが待つ塩飽はどちらでしょうか。塩飽に帰らなければなりませぬと執拗に聞いてくる。応えてやれない自分がまだるっこい。その横にぷかりと浮かんだもの。多々の生首だった。首のつけ根は鮫の鋭い歯で食いちぎられた跡が生々しい。生首の口が開く、カジマ様は帰ったらなにをするんですか、教えてください。多々、シゲジ。おまえたち、この吾を恨みたければ恨むがいい。おまえたちになにもしてやれなかった男だ。もっと恨め。運男のやることか。いかんともしがたい悔しさに歯がみする六明だったが、やがて己が霧に溶けてひとつになっていくようだった。

いつしか払暁になっていた。

明るさを含んだ霧の奥から、かすかな声が聞こえてくる。まちがいなく人の声だ。

未だ眠りのなかにいて夢を見ているのか、現なのか曖昧だった。

曖昧なままに倭国に思いをはせた。斑鳩の若草伽藍、カッタバル、間止利の里、長、かかさま、修繕した作事小屋、もも——。

くぐもった声は海の遙か彼方から聞こえる。周り一面は霧である。霧を伝わって届くのだろうか。海原のまっただ中にいる六明に聞こえるはずがないのだ。驚きや恐れよりも解せない、という感じだった。声は徐々に鮮明なものへとかわってきた。透き通った女の声だった。とぎれとぎれに聞こえていたものが、やがてことばになって六明の耳に入ってきた。神秘な声は一定の調子があって謳っているようで、なにかを訴えていた。

六明は霧に耳をすました。

「お救いましょうぞ」

耳に飛び込んできたのは百済ことばだった。カッタバルか……。

「倭国への思いをはせる迷い子よ。倭国への道まで誘いましょうぞ」

奇妙な調子がついていた。

「倭国へと流れる潮にお乗りなさい。潮に乗れば、潮に乗れば、いずれ倭国へと着きましょう」

間合いをとって、くり返される同じ文句。自分に語りかけている、そう信じて返事をしてみた。

「あなたはカッタバルですか」

カッタバルが必死になって自分を救おうとしていると、思えたのだ。そうだ、まちがいない、

「迷い子よ。倭国はこちら手の鳴る方へ。倭国はこちら、手の鳴る方へ。こちらで潮にお乗りなされ」

今度は倭ことば。もも、ももか、それともカッタバルかと幾たび問いかけても答えはなく、一方的に誘うだけだった。

六明は艫にまわって熟睡している水夫長の肩をゆすってを起こした。

「どうした、運男」

先ほどから続いている奇跡を伝えた。

「百済に倭のおんなだって、運男」

むくり起き上がった水夫長が、目をこすって薄笑いをしていた。

「やったぞ」

「うぐっ」

六明の左肩を叩く。

「あんたは正真正銘の運男だ。どっちだ、声はどっちだ。手はどっちで鳴っている」

「右舷ですよ」

「間違いないな。運男。右舷方向に来いと誘っているんだな。潮に乗れと」

「水夫長が聞けばいい。今も謳っている」

「バカをいうな」

また左肩をどやす。

「うっ、いつっ。どやすのはこっちの肩でお願いします」

「運男、おれごときが女神にかかずりあえると」

なにがおかしいのか、水夫長は馬鹿笑いをして、六明の肩をどやしつけた。

「海の女神の声がおれらに聞こえると思うか」

妙なことを言う。海の女神だって。自分にしか聞こえないのか。

「あんたは極めたんだ。自分じゃあわからねえだろうがな。もう大丈夫だ。おれたちは帰れるぞ。心配いらない」

ふたりでうなずきあう。

「右舷だな――、野郎ども。起きやがれ。さあ出航だ」

重なり合うようにして眠っている水夫たちを順に、ひっぱたいて起こす。

「女神が現れたぞ。持ち場について、腕がちぎれるまで漕ぐんだ。風が来たら帆を張れ」

カジマたちを乗せた船は海流にのって、倭国は東の三河に漂着した。

その日の風には、秋の匂いと冬の色が混然としていた。

其の五

あの男は機敏、忠実でその上に徳があり、優渥《ゆうあく》にして信用のおける人となりであった。孝廉《こうれん》のうえに学芸に秀で常に便宜に行動し、益に目を眩ませることもなかった。まこと誉れ高き人材である。

これは遣隋使正使としての任務を果たし、帰国した小野妹子が皇太子や国の重臣を前に、六明について語ったものである。

六明はこの話を佐富皇女《さとみのひめみこ》から聞いた。皇女は斑鳩の豪族膳部氏に嫁いでいた。厩戸皇子は膳部氏の娘菩岐々美郎女《ほききのいらつめ》を娶っていたので、膳部氏はこれで皇室との血縁を一段と深めたのだ。

小野妹子の推挙があって、六明は斑鳩の宮に詰めることとなった。皇太子の意向が働いているという。小野妹子を通じていずれ適当な役に就けると言われていたが、その機会は一向に訪れず無役の役人がつづいていた。

その小野妹子は煬帝より賜った天皇に向けての外交文書をなくした罪で幽閉されていた。命に代えても守らなければならぬ外交文書である。小野妹子がなくすわけはない。文書の内容に倭国を侮辱する旨が多々見受けられたのだ。このまま皇太子様のお目にかけるのは憚《はばか》られる。逡巡《しゅんじゅん》を重ねたあげく、なくしたこととして吹雪の如くちぎり三河の海に流したのだ。

小野妹子と六明だけの秘し事である。

六明は隋行きの報償を塩飽に暮らすシゲジの母に渡してくれるように、水夫長に託した。シゲジが夢見た小舟ぐらいはあつらえるだろうと水夫長が請け合ったので六明の気持ちは少し軽くなった。

斑鳩宮は厩戸皇子の住まいであり、推古天皇の摂政である皇太子の執務の中心である。ここにつめても六明にこれといった役はない。ただ厩戸皇子が近くに居るという感じはあった。未だ厩戸皇子を遠くからでも見たことはない。とても近くにありながらこうまで交わりがないことが怪《け》訝《げん》である。まるで厩戸皇子が六明を避けているかのようである。それでも厩戸皇子の体臭のようなものを覚えることがあった。それは例えるならば、仮に血が繋がっていたら、あるはずの絆のようなものである。

三河より斑鳩に戻って二か月が経った頃だった。未だ六明は役に就いていなかった。この頃、宮では再度の遣隋使が話題になっていた。此度は裴世清を帰国させるための随行である。すでに長門では前回の倍も大きな船の建造にかかっている。正大使は再度、小野妹子が努めるとの噂が高く、六明は自分も正大使に従っていくために、いつまでも役につかなかったのだと考えていた。

正通事には前回と同じ鞍作福利《くらつくりふくり》が決まったようである。そうなると副通事兼正大使補助役に、六明が命じられる可能性は極めて高い。水夫長は六明を運男と祀りたてるだろう。宮でなにもせずに日々腐っていくよりは望むところだ。もう一度、海を渡ることで、シゲジと多々の仇を討てるような気がするのだ。友の白牙ともまみえる。今度は白牙と一緒に泳ぐつもりだから、いつその命が下るのか待ちきれぬ六明であった。

深更、枕元に気配を覚えて六明は跳ね起きた。

「くせ者」

古武道ウーシューの防御の型で身構える。

「相変わらずだな。俺だ」

闇に懐かしい声が響いた。暗闇に眼を凝らすと、部屋の隅に黒く人影があった。

「驚かすな、小角か」

「どこで気づくか試した。気配を消して侵入したが衰えておらぬな」

「このような現れ方、尋常ではない」

「ここにくるまで気づかれなかったぞ。宮の舎人は役立たず、と迹見赤檮に教えてやれ」

「して、なに用じゃ」

「邂逅《かいこう》を喜ぶでもない。かわらぬな」

「忍び入った相手に邂逅など持つか」

小角が低い声で笑った。

「物部の証を立てるときが訪れた」

「まだ、そのようなことを。小角、ここに座れ」

草布団の横に自分も座る。

「吾は隋に行っていた」

「よかったな」

小角の口ぶりは皮肉まじりだったが、六明は続けた。

「遣隋使、小野妹子様の従者じゃった」

「おれに立身出世は無意味だ」

「まあ聞け。あの国はでかいだけでなく深い。隋の第二都に洛陽がある。そこには今から六百年前に中国初の官寺となった白馬寺がある。倭国の官寺若草伽藍が建つ六百年前だ。吾はその場に立った。そのとき感嘆の声をあげるとともになにを感じたと思う」

「古いだけの寺など、犬の餌にもならん」

「人間の力だ。六百年前に規矩術の算用が使用され、建てられた。驚かぬか」

「ご立派なことだ」

「そうだ。立派だよ。そこには五百年前、倭国の使者が当時の中華の天子に朝貢したとあった。五百年前の倭人がどのような船で海を渡ったかは知らぬ。今日《きょうび》寺造りも渡海も大騒ぎだが、五百年前の人がやったことを真似ているだけだ」

「おれも五百年前と同じで粟を食って、くそをひる」

「星を見て海を渡る術も、寺造りに必要な規矩術の算用も千年前に編み出されたという。ぶん回しや矩尺、墨縄が千年前だぞ、気が遠くならぬか。俺たちでもなにかをおこさねばならんだろ」

「学芸好きの世迷いごとだ」

いつのまにか熱が入っていた。隋に行った感想をこのように口にしたことがなかった。六明は隋にかぶれていたが、外には出さなかった。多々やシゲジを悼む気持ちがうかれさせなかったのだ。今は黄河の黄色い水が堰を切っていた。

「三百年ほど昔、陶淵明《とうえんめい》という賢人がいた。人生無根蒂《じんせいむこんてい》。その人の詩だ。人間は根もなくよりどころがなくて、風に飛ばされる路上の塵《ちり》だ。皆だれもが塵で兄弟みたいなもの、骨肉にこだわる必要はない。そんな暇があるなら酒を飲んで愉しくやろう。人生一度、歳月は人を待ってくれない。と詩に残している。物部も蘇我もないと思わぬか」

「なにかぶれてる。隋ぼけか。志を忘れそこまでかぶれれば醜いだけ」

「これっぽちの小まい国で争うことなど醜いと思わぬか、下らぬと考えぬか」

「物部の血をひかぬ者ゆえの言いぐさだな」

小角はなにを言った。おれに物部の血が流れていないと……。

「どういう意味だ。どういうことだ、小角」

六明は小角の襟首をつかんでゆすぶった。

「吾は物部ではないのか」

「わかった。わかったから手を放せ」

「はなさぬ。このまま申せ」

小角は遠くを見るような目をして、しぶしぶ口をひらいた。

「満月の夜だった。おれはある屋形から生まれたばかりのおまえをさらった。双子の片割れの赤子をこうして抱いてな」

「嘘だ」

「橘宮の屋形だった。いやさらったのは大臣蘇我馬子が遣わした東漢《やまとあや》の女医者だ。おれは厩坂で呼び止めた女医者からおまえを奪ったのだ。女医者は重石をくくりつけて池に沈めた。見ていたのは赤味を帯びた満月だけだ」

厩坂、双子、六明の頭の中が空白になった。嘘や冗談の口調ではない。そうと思ったが、

「嘘だっ、与太を言うと承知せんぞ」

「屋形の者はだれひとり、あの時、生まれてきたのが双子とは知らぬ。赤子を産んだ母も、産の屋形に付き添っていた侍女らも夢にも思わぬだろう。生まれたのは厩戸皇子ただひとりと疑いもしまい」

「厩戸皇子……」

わが身が双子の余計者と知ってから、残された余計者とならなかった方はだれなのか、どこでどんな暮らしをしているのか。常に意識の底にこびりついていた。それがよりによって皇太子の厩戸皇子というのか。紛れもなく蘇我の御大将だ。自分の片割れが呪術師の厩戸皇子だと。

小角の襟をつかんでいた指から力が抜けていった。

トキヨミの媼は先刻承知だろう。小角とトキヨミ媼が謀っていた。いや間止利やかかさまもみんなでおれを騙していたのだ。

「おれは今から厩戸皇子を殺めにいく。六明止めても無駄だ」

翌日、宮に噂が流れた。

皇太子の寝込みを襲った賊が、返り討ちにあったとの報せが六明の耳にも届いた。

あの時、止めていればと、悔やみきれない。しかし、知らされた真実の衝撃に一瞬、痴呆のよ

うになって、止めることなどできなかったのだ。そのためにまたひとりが死んだ。

六明には、小角が去り際に言った一言が耳についてはなれなかった。

「厩戸皇子を殺める。六明。おまえの兄をじゃ」

自分は厩戸皇子、皇太子の双子の片割れ。

小野妹子を正大使とした第二次遣隋使が、本日、早暁、難波の大津から出航した。総勢二百四十三名のなかに、カジマ六明はない。小野にとって六明は危険で都合の悪い存在なのだ。

余計者か……とひとりごちる。

六明が若草寺金堂に籠もる厩戸皇子を訪ねたのは、その夜更けのことである。厩戸皇子がひとり徹宵《てつしょう》で、遣隋使一行の無事を祈願するからだ。

差しで決着をつける。なにをどう話すかを考えてはいなかった。なりゆきに身をまかせる。それで小角のように殺されたらそれまでのことだ。

外まで厩戸皇子の読経する声が洩れていた。初めて聞く声だったが、託された思いが伝わる読経だった。近づくと読経がぴたりと止んだ。

「遅かったですね。お待ちしていたのですよ。お入りなさい」

扉越しの呼びかけだった。

金堂の重い扉を観音に開く。

正面の本尊、灯明で金色に輝く巨大な大日如来《だいにちにょらい》が六明の眼を打った。まばゆさに眼をしばしばさせ六明は一歩、踏み入れ、後ろ手で扉を閉めた。

大日如来は厩戸皇子が止利仏師《とりぶつし》に造らせた若草伽藍の本尊である。未完成の壁画は過日、普請場で塔の芯木に羽を休めた極彩色の怪鳥だった。厩戸皇子が新羅の仏画絵師に描かせている。

「近づいて厨子をご覧なさい。七色の輝きはあたかもお釈迦様から放たれる後光のようではありませぬか。よく持ち帰ってくださった。舎利を納めています」

大日如来の左側、金堂の奥に玉虫厨子が安置されていた。

厩戸皇子は玉虫厨子から眼をそらすことなく、背中で言った。皇子の言うとおりだった。玉虫の羽で宝飾された厨子は、灯明の炎を受けて虹のような色彩を独特な光沢で跳ね返していた。色彩のまばゆさに心を奪われていた六明に、あのときの光景がよみがえった。船を沈没から守るために、煬帝から賜った品々は捨てずに、人間を海に投げ込むと譲らなかった小野妹子の顔だ。良くも悪くも官僚根性、奴卑の十人、二十人を海に投げこむ男だ。

その小野妹子は今日再び、隋に向かったのだ。正使、副使はじめ派遣される人員のほとんどが前回と同じ顔ぶれになった。六明はなぜ自分が外されたか訝しんだ。渡海途中で船を軽くする必要が生じたとき、小野妹子は耳たぶをひっぱった末にまちがいなく荷よりも人間を選ぶ。彼は官僚としてなすべき任をわきまえているからだ。六明のような邪魔者はお役ご免というわけだ。

「裴世清の倭国への軽視と棘のせいで、多々は事故にあったとききましたが」

まるで心を読まれているような、適宜で的を得た問いだった。

「皇太子様が正使様からお聞きになられたとおりです。大使殿は自国民族中心の中華思想を絵に描いたようなお方でした」

「私は船大工の多々と水夫見習いシゲジの不幸を聞いて、彼らの冥福をこの大日如来に祈った。

いずれも若い命。惜しいことをしました。しかし人は必ず死ぬ。この現実からは逃れられない。ただ遅いか、早いかが天の裁量です」

六明には厩戸皇子がいきなり多々とシゲジを話題にする理由を量りかねた。心を読まれているとしか思えない。そう考えると金堂の床板に映している厩戸皇子の大きな影さえ不気味に見えた。

「人間の善意や良心でぶつかってもいかんともしがたいことがあるのが現世。ひとりひとりに天が与えた天寿と言ってしまうのは残酷でしょうか。守りたい、側に置いておきたい人間を、天は召し出せとおっしゃる」

なぜこのような話をするのか。多々には借りができた。六明は長門に出向き多々の両親や弟妹のために生きると決めている。それをここで厩戸皇子に言う必要はあるまい。

「天の配剤というのは残酷なものだ。それに抗う身勝手さ。償いたいという気持ちはカジマらしい尊さだ。多々の両親が迷惑すると考えない。多々はそのようなことを望んでいないといったら傷つきますか」

心の中から漏れ出る思いを手で受け溢れさせるように、厩戸皇子は六明の考えを見抜いている。

六明は驚かない。相手は小角を瑪瑙に閉じ込める呪術使いだ。

「皇太子様がたしなめられたところで、一度自分でこうすると決めたことに揺るぎはありません」

「頑迷な人だ。これまでの生き方への反動ですか。常にだれかに操られての人生だったから、腹いせのようなものですか」

「仰せの通りでしょう。しかし、これが今の私という人間です。やっと気づきました。進む路は自分で決めるものだと」

厩戸皇子の背中から緊迫した気が放たれていて、六明には金堂に踏み入れたときから妙な息苦しさを覚えていた。いったいいつまで背中を向けているつもりなのか。このような感覚を味わったことがある。

隋でのことだ。

風の強い日だった。六明は洛陽の都でウーシューの稽古をしたあと、ひとりで都を出た。からだをしなるようにして歩くほどの風だった。歩いていると道端の灌木の枝からいっせいに黒い鳥が飛び立った。黒い鳥の群れに誘われて、黄色が実った畠の真ん中を進むと寺に突き当たった。

建立から六百年を経た白馬寺だ。

六明は寺造りの棟梁だった日々をよみがえらせ、建物への興味から門をくぐり伽藍に入っていった。正面は横に長い雄大な堂だ。境内の中はどういうつくりなのか風がなかった。石畳を歩いて堂に向かった。目に見えぬなにかに操られるように、なんの疑いもなく堂に入った。

老僧侶が独り本尊の仏像に正対し読経していた。なぜか六明は僧侶が自分を待っていたのでは、という思いに至った。

黒い鳥の群れを使って自分を誘ったのであって、自分がここにいるのは偶然ではないと考えたのだ。やがて遠くから僧侶の背中を見ていた六明は金縛りあったように動けなくなり、息苦しくなった。未知なる体験だったが、恐くはなかった。僧侶は背を向けたまま、こう言ったのだ。

「気の毒なお人だ」

堂を見回したが、僧侶と自分しかいなかった。六明は自分に向けられたことばだと知り、その背に訊いた。いや訊こうとしたが声がでなかったのだ。僧が立ち去り、六明ひとりが取り残された。あのときの理由がつかない不安が、ふたたび迫っていた。

「この時をずっと待っていたような気がします」

六明は隋の回想から引き戻された。

「あなたがいつ私を殺めにくるかと、長いこと待っていました。あなたはご存じではないでしょう。私は生まれるまえより、物部からの呪いを受けつづけてきたのです」

「この年になって、からだに物部の血が流れていないと知りました」

白馬寺のときと異なり、ふだんどおりの声が出ていた。

「いや物部の血は流れています。これでいろいろな問題が生じる虞《おそれ》ができました」

「私は隋の白馬寺で老僧侶から、気の毒なお人だと言われました」

厩戸皇子の後ろ姿から、耳をそばだてているのがつたわった。

「六百年前となんらかわっていないお堂のなかに私たちはふたりきりでした。老僧は今の皇太子様のように御本尊と対座され、私には背中を向けておられました。後で知りましたが、老僧は洛陽に到着した倭国の客人の旅の安全の祈願をされていたそうです。五百年前にも、そこでは洛陽に到着した倭国の客人の安全を祈願していたとききました。私は自分が五百年前の倭人になった気がしました。夕陽に照らされた伽藍の石畳、樹木の緑、そびえる塔。鐘楼の鐘の音色。私の目の前には五百年前となんらかわっていない風景が広がっていました。風の強い日で畠の黄色い砂を巻き上げていました」

「遣隋使も寺造りも五百年前の真似ごとでしかない。たしかにそうでしょう。同じことをくり返している。時に踊らされるのが人間なのでしょう」

「悠久の時の流れの前では、蘇我だの物部だと意地になること自体が滑稽ではございませんか」

六明は奴卑と天皇という人の差も馬鹿げていると悟っていたが、それは声にしない。

厩戸皇子の背中がぶるっと震えた。皇子に心を読まれたのではと不安になる。

「裴世清が信条とする中華思想ではないが、生まれ落ちた国によって人の運命が決まる。今はしかたがない。だが、しかたがないと思わずその差を縮めなければならないのです。民に必要なものはなんだと思いますか」

国を統べる者らしい問だった。沈黙を答えと悟ったらしく、厩戸皇子は説得力を強調するため か口調を弛めてつづけた。

「同じことを大連の物部守屋と大臣蘇我馬子に尋ねたことがあった。私が十一歳のときだった」

厩戸皇子はこういう話を聞かせた。


初夏のある日、大連の物部守屋と大臣蘇我馬子を引き連れて国見をした。舎人や役人を引き連れる随行になった。空ではひばりが鳴き、つばめが滑空するおだやかな日だった。斜面には黄色い花が咲き乱れ、おびただしい数のモンシロチョウが花の周りであそんでいた。

香具山の頂に大連、皇子、大臣が肩をふれあうように並び、都を見下ろしていた。大連も大臣も相手を意識して落ち着きがなかった。ふたりはことばも交わさない。目も合わせない。仏教に対する理解を理由に冷戦中でした。三人の背後では両者の舎人たちが一発触発の殺気を放っていった。

遙か下では苗を植えた田んぼの水が陽光で輝いていた。農人が手入れしている田もあった。家々から炊事の煙が上っていた。童が縄や石であそぶ平和な風景にふたりは見入っていた。

皇子は刺々しいふたりの手を握らせ、民のために和解を勧めた。そのときに、民に必要なものはなんだと訊いた。ふたりは同じ答えをした。希望だと言った。希望があれば人は生きられると声を揃えた。渡海しての隋行きは五百年前のことなど知らぬ民や豪族には、血を沸き立たせ力をみなぎらせる希望になる。巨大な伽藍は民、豪族を畏れさせる権力の証だ。それらがあることで民は安堵し希望を疑わぬ。希望だけが彼らが未来に向かう原動力になる。それが国の力にむすびつく。事実を知ることで、民が幸せになるとはかぎらない。

そのような話だが、そうなのだろうか。食べ物が豊富にあり、家族みなが達者で穏やかな暮しが続くことこそが民の希望ではないかと六明は思ったが口にはしなかった。同じ希望でも、頂に立つ者と遥か下からそれを見上げる者とでは開きがあるのだ。

それから二年後、蘇我と大戦があって、物部は滅んだのだ。そもそも政など興味がない六明にはどうでもいい話だった。六明はここに事実をたしかめにきただけだ。小角の仇など考えてもいなかった。自分の意志に関係なく、操られるままに生きてきた自分という人間の根っこを定かなものとする。それだけなのだ。

「皇太子様は誤解をされていらっしゃいます。あなた様を殺めるなど滅相もございません」

「拍子抜けですね。あなたに殺されることを待ち望んでいた身としては。ではなにをしにいらした、というのは愚問でしたか」

「佐富皇女がこんなことをおっしゃいました。カジマには自分に足りないものが余っていると皇太子様がおっしゃったと。それがなんのことかと尋ねても兄様は笑ってお答えにならなかったと」

「厄介なのは人間の持つ好奇心です。神聖なものさえ蹂躙していく貪欲さを持ってしまう。なるほどそれが訊きたくて、参ったわけですか」

そういうと、厩戸皇子はあぐら座りのままくるりと向き直った。

「もっと、近くに――、座って」

入り口付近に突っ立っていた六明に座るところを手でさした。六明は言われるとおりに座った。このうえなく近いところに厩戸皇子の顔があった。意味ありげに顔をなめ回す視線がうっとうしかった。

「カジマは自分の容貌を知らぬようだ。私の顔を見ても反応がないのだから」

銅鏡などしゃれたものは見たこともないし、男が自分の顔を見ること自体いらぬことだ。もってまわった言い方に疑問の雲がふくらんだ。

「もしこの場にだれかがいたら、その者は驚きで声も出ないでしょうね。見比べることができるのですから」

厩戸皇子の頬に幼子が悪さをするような笑みが広がった。

「しっかとその目にとどめなさい」

額にたらしていた前髪を、右手でかきあげた。

両眉の上に疣ほくろがひとつずつ。

「どうですか。カジマの三ッ星ほくろと合わせるときれいな五角となる。向きあうほくろ同士を結べば五角の星になる」

「なんという、……五芒星」

「饒速日命の御徴、五芒星です。わたしとおぬしの二人に物部が生きている証です」

六明には言葉がなかった。

「カジマとは血を分けた兄弟です」

我が弟よ、と厩戸皇子がうなずいた。


早暁で空の根っこが白みはじめていた。

そろそろ鶏が鳴くだろう。

六明はおぼつかない足取りで、朝露を含んだ草を踏み闇雲に歩いていた。

荒蕪地《こうぶち》に人影はない。

わが身の出生の秘密から受けた衝撃と戸惑いから立ち直るには、時間が必要だった。

厩戸皇子から自分に代わって民の希望になって欲しい、と懇願されたがかたくなに断って金堂を後にした。

斑鳩の里から出たあたりで泡立っていた心もようやくおだやかになっていた。

ただ厩戸皇子から離れていたい。離れなくてはいけないという焦る気持ちが足を急がせていた。

その時である。

かすかに聴こえた。

靄につつまれたしじまの中、歌声が聞こえてきた。

声は女のものだ。

間止利の里で聞いたあの歌だ。ももの澄み切った声。透明感のある神秘的な音色。気持ちが休まる旋律に六明は思わず足を止めた。目の前には細く険しい道が続いている。

眼を閉じて間止利の里の作事部屋に思いをはせた。

六明は自分の心に決めたやるべきことをやりぬくために、声のするあたりを目指して踏み出した。

その肩にはシゲジと多々を背負う快い重さがあった。

その後ろから、一尾の山犬が追いかけていく。

了

参考文献

変動期の東アジアと日本　遣隋使から日本国の成立　井上秀雄　日本書籍
「日本美術91　聖徳太子絵伝」　菊竹淳一　編　至文堂
「図説日本の古代5　古墳から伽藍へ」　森　浩一　中央公論社
「東洋の思想」　岡倉天心他　平凡社
「国史大辞典第五巻」　吉川弘文館
「日本史辞典」　岩波書店
「日本古代史辞典」　朝倉出版
「物部氏の正体」　関　裕二　新潮文庫
「蘇我氏の正体」　関　裕二　新潮文庫
「土木の歴史」　石井一郎　森北出版
「隠された十字架」　梅原　猛　新潮文庫
「飛鳥とはなにか」　梅原　猛　集英社文庫
「五重塔はなぜ倒れないか」　上田　篤　編　新潮選書
「歴史と人物　推古朝の外交」　昭和54年12月号　中央公論社
「日本古代の国家と宗教」　井上　薫教授退官記念会（著）　吉川弘文館
「週刊朝日百科　世界100都市　蘇る古代文明と王朝の雅　西安」　朝日新聞社
「写真集　大黄河　2　風土と文明」　NHK取材班　日本放送出版協会

その他、多数の史料資料を参照しました。

◆著者プロフィール
東京生まれの作家／放送作家。
日本放送作家教室にて水原明人、池田一郎（隆慶一郎）の両師に出逢う。ニッポン放送にて上野修、亀淵昭信の両師に出逢う。大橋巨泉事務所にて奥山侊伸師に出逢う。出会いに恵まれて報道・情報番組、バラエティ、クイズ番組などの企画・作・構成を担当。児童知育書をはじめ複数の筆名で著作は「いちご畑の事件ノート」シリーズ（ポプラ社）「もし江姫がツイッターをはじめたら」「ディズニーランド愛」「ジャニーズ愛」「ラジオの教科書」「マンション建設の教科書」以上（データハウス）など数多。

よけいもん
平成30年11月25日　第1刷発行
著者　花輪如一
発行者　石澤三郎
発行所　株式会社　栄光出版社
〒140-0002　東京都品川区東品川1の37の5
電話　03（3471）1235
FAX　03（3471）1237
印刷・製本　モリモト印刷㈱
検印省略

© 2018 NAOTO HANAWA
乱丁・落丁はお取り替えいたします。
ISBN 978-4-7541-0168-8